OLÁ, ADEUS E TUDO MAIS

Obras da autora lançadas pela Galera Record:

A probabilidade estatística do amor à primeira vista
Ser feliz é assim
A geografia de nós dois
Olá, adeus e tudo mais

OLÁ, ADEUS E TUDO MAIS

JENNIFER E. SMITH

Tradução:
Alda Lima

1ª edição

— Galera —

RIO DE JANEIRO
2017

CIP-BRASIL. CATALOGAÇÃO NA PUBLICAÇÃO
SINDICATO NACIONAL DOS EDITORES DE LIVROS, RJ

S646o
    Smith, Jennifer E.
    Olá, adeus e tudo mais / Jennifer E. Smith; tradução de Alda Lima. – 1. ed. – Rio de Janeiro: Galera Record, 2017.

    Tradução de: Hello goodbye and everything in between
    ISBN 978-85-01-11211-8

    1. Ficção juvenil americana. I. Lima, Alda. II. Título.

17-43918   CDD: 028.5
                                                                        CDU: 087.5

Título original:
Hello goodbye and everything in between

Copyright © 2015 by Jennifer E. Smith Inc

Texto revisado segundo o novo Acordo Ortográfico da Língua Portuguesa.

Adaptação de capa original: Renata Vidal
Editoração eletrônica: Abreu's System

Todos os direitos reservados. Proibida a reprodução, no todo ou em parte, através de quaisquer meios. Os direitos morais do autor foram assegurados.

Direitos exclusivos de publicação em língua portuguesa
somente para o Brasil adquiridos pela
EDITORA RECORD LTDA.
Rua Argentina, 171 – Rio de Janeiro, RJ – 20921-380 – Tel.: (21) 2585-2000, que se reserva a propriedade literária desta tradução.

Impresso no Brasil

ISBN: 978-85-01-11211-8

Seja um leitor preferencial Record.
Cadastre-se e receba informações sobre nossos lançamentos e nossas promoções.

Atendimento e venda direta ao leitor:
mdireto@record.com.br ou (21) 2585-2002.

Para Jenn, com enorme gratidão

PRÓLOGO

Quando Aidan abre a porta, Clare fica na ponta dos pés para beijá-lo, e, por um instante, parece qualquer outra noite.

— Oi — cumprimenta ela, sola dos pés de volta ao chão, e ele sorri.

— Oi.

Os dois ficam se olhando por longos segundos, ambos sem saber exatamente como começar.

— Então — diz Clare, finalmente.

Aidan tenta abrir um sorriso.

— Então.

— Acho que é isso.

Ele assente.

— Acho que sim.

— A última noite — continua ela, e Aidan inclina a cabeça.

— Você sabe que não precisa ser.

— Aidan...

— Eu sei, eu sei — interrompe ele, erguendo as mãos. — Mas não custa nada tentar, né? Ainda tenho um tempinho para te fazer mudar de ideia.

— Apenas doze horas — lembra ela, checando o próprio relógio. — Não acredito que só temos isso.

— E só se não dormirmos.

— Com certeza não vamos perder tempo dormindo — garante ela, tirando do bolso do vestido um pedaço de papel dobrado. — Temos coisas demais a fazer.

Aidan ergue uma das sobrancelhas.

— Tomara que não seja uma lista de motivos pra gente terminar...

— Não é — afirma ela, entregando a ele o papel e observando o namorado examinar a página com expressão perplexa. — Só achei que seria bom termos um plano.

— E este é o plano?

Ela confirma com a cabeça.

— É.

— Ok — diz ele, respirando fundo. — Então acho que devemos ir.

Juntos, eles começam a andar até o carro, mas, na metade do caminho, Clare para de súbito, inexplicavelmente nervosa, o coração batendo forte como um tambor. Ela olha para Aidan com uma ligeira expressão de pânico.

— Isso é meio louco, não é?

— O quê?

— A gente ir embora amanhã — responde ela, aumentando um pouco o tom. — Depois de todo esse tempo só temos mais doze horas. Finalmente chegamos a esse ponto... Ao fim da estrada.

— Ou — argumenta ele — ao começo.

Clare não diz nada; ela quer desesperadamente acreditar em Aidan, mas estar parada ali, à beira de algo tão importante, faz tudo parecer impossível.

— Confie em mim — diz Aidan, pegando sua mão. — Muita coisa pode acontecer em doze horas.

PARADA # 1

O ensino médio

18h24

No carro, Aidan hesita antes de virar a chave na ignição, e, por um breve segundo, Clare se permite imaginar que os dois estão a caminho de um jantar ou cinema, ou de qualquer outra coisa, na verdade — até mesmo o tipo de passeio sem destino nem objetivo, que tantas vezes foi a escolha de programa de ambos. Suas noites sempre pareciam começar assim: os dois sentados dentro do empoeirado Volvo de Aidan, tentando decidir o que fazer.

Mas aquela noite é diferente.

De forma alguma é um começo. Aquela noite é um fim.

As mãos de Aidan ainda estão sobre as chaves, e Clare olha para o pedaço de papel em seu colo. Durante a curta caminhada até a casa dos Gallagher — uma caminhada refeita umas mil vezes nos últimos dois anos —, Clare dobrou e redobrou a página tantas vezes que o papel já está mole e amassado.

— Talvez devêssemos só ir embora ou algo assim — sugere Aidan, olhando de lado para ela. — Simplesmente dirigir até chegarmos ao Canadá.

— Canadá? — pergunta Clare, erguendo as sobrancelhas. — Então estamos fugindo?

Aidan dá de ombros.

— Tudo bem. Talvez apenas Winsconsin então.

Ela estica o braço, descansando uma das mãos na nuca de Aidan, onde os cabelos avermelhados foram recentemente cortados, aparados de um jeito que o faz parecer mais velho de alguma forma.

— Estou indo amanhã bem cedo — diz ela, gentilmente. — A bagagem já está no carro. E seu voo é meio-dia.

— Eu sei — diz Aidan, sem olhar para ela. Os olhos estão fixos na porta fechada da garagem. — É disso que estou falando. Vamos largar tudo.

— A faculdade? — pergunta ela, com um sorriso, soltando sua mão.

— É — confirma Aidan. — Quem precisa de faculdade? Vamos fugir juntos. Só por um ano, mais ou menos. A gente começa uma vida nova. No campo. Ou melhor, numa ilha deserta.

— Você ficaria *mesmo* muito bem numa saia de hula-hula.

— Estou falando sério — insiste ele, apesar de Clare saber que não. Ele só está desesperado e triste, nervoso e excitado, loucamente inseguro a respeito de tudo, enquanto os dois se aproximam da linha invisível que irá separar suas vidas em antes e depois. Assim como ela.

— Aidan — diz ela, baixinho, daquela vez olhando em seus olhos. — Isso vai acontecer. Amanhã. Nada importa.

— Eu sei — admite ele.

— E é por isso que precisamos decidir o que fazer a respeito.

— Certo, mas...

— Não — interrompe ela. E levanta o pedaço de papel. — Chega de falar. Temos conversado o verão inteiro e não resolvemos nada. Só ficamos dando voltas: vamos ficar juntos, vamos terminar, ficar juntos, terminar...

— Vamos ficar juntos — completa Aidan, sorrindo brevemente.

Clare ri.

— A questão é: não temos esperança. Então chega de conversa. Por enquanto vamos só dirigir, ok?

Ele se debruça em direção às chaves e liga o motor do carro.

— Ok.

A primeira parada não é longe, e eles dirigem em silêncio, todos os pontos familiares da cidade emoldurados pela janela: a ponte sobre o barranco, a estrada rodeada por pinheiros, o gazebo no parque. Clare tenta absorver cada um enquanto o carro passa voando, porque, quando voltar no Dia de Ação de Graças, sabe que pode ser uma pessoa completamente diferente, e suspeita de que — por isso — tudo aquilo possa também parecer diferente. O que é um pouco assustador. Então, uma a uma, ela tenta guardar aquelas coisas: cada árvore, cada rua, cada casa.

Foi assim que tudo começou naquela manhã, quando ela acordou em pânico por conta de cada adeus que ainda tinha a dar. Não apenas às pessoas: Aidan, naturalmente; sua melhor amiga, Stella; Riley, a irmã de Aidan; e seu amigo Scotty, além do punhado de outros amigos ainda por ali.

Mas havia também a cidade. Todos os cenários de sua infância. Ela não podia partir sem visitar o boliche uma última vez, nem sem comer uma última fatia de pizza em seu lugarzinho favorito. Ela não podia ir embora sem mais uma ida à praia, uma última festa, uma última passada pela escola.

Então ela fez uma lista. Mas não demorou muito para Clare perceber que a maioria de suas coisas importantes estavam intrinsecamente ligadas a Aidan. Aquele lugar era uma espécie de cidade-fantasma, entupida de pontos e lembranças do relacionamento de quase dois anos entre eles.

Por isso aquela noite se tornara algo diferente: um tour nostálgico, uma viagem ao passado, uma sucessão de lembranças. Seria uma maneira de dizer adeus à cidade, onde ela vivera a vida toda, e, talvez — de alguma maneira —, a Aidan também.

É inevitável estremecer um pouco ao pensar nisso tudo, e Clare aperta o botão na porta do carro para fechar sua janela.

Aidan a observa.

— Ventando demais? — pergunta ele, subindo o próprio vidro, e ela assente. Porém é mais que aquilo. É o mesmo horror gélido de quando começa a imaginar não apenas o adeus, mas tudo o que virá em seguida: a dor que certamente vai segui-los até partes opostas do país, tão forte que até já dá para sentir, mesmo que Aidan ainda esteja a centímetros de distância.

A verdade é que ela ainda está esperando o coração aceitar a decisão já tomada por sua cabeça. Mas o tempo se esvai.

Quando chegam à longa rua que leva à escola, Aidan franze a testa.

— Então me diga — começa ele, enquanto passam na frente do prédio comprido e entram numa das vagas disponíveis. — Por que exatamente estamos aqui?

É começo de uma noite de sexta, quase fim de agosto, e a escola está silenciosa e vazia. Apesar de ter passado quatro anos ali, Clare já sente dificuldade em se lembrar da atmosfera do lugar quando era cheio de alunos; todos sendo cuspidos das portas de madeira para o gramado da frente. Só se passaram dois meses, mas, de alguma forma, tudo aquilo parece ter acontecido havia muito tempo.

— Porque — responde ela, se virando para Aidan — é a primeira parada da lista.

— *Isso* eu sei. Mas por quê?

— Foi onde nos conhecemos — explica ela, saindo do carro. — E a ideia é começar do início.

— Então isso é uma *cronológica* caça ao tesouro.

— Não tem nada a ver com caça ao tesouro. Pensei nisso mais como um curso de atualização.

— Um curso de atualização no quê?

Ela sorri para ele por cima do teto do carro.

— Em nós.

— Então meio que vamos relembrar nossos melhores momentos — diz ele, girando as chaves no dedo enquanto se aproxima, e, por um instante, é como se nenhuma das outras coisas tivesse acontecido.

Só agora, apenas nesse segundo, ele não é a pessoa que ela mais conhece no mundo, e sim o garoto novo mais uma vez, o que aparecera no primeiro dia do primeiro ano — cheio de cabelos ruivos e sardas, e uma altura ridícula —, surgindo do nada e virando-a do avesso.

A luz inclinada está batendo nas costas de Aidan, forçando Clare a apertar os olhos enquanto o analisa por alguns longos segundos.

— Já te contei — recomeça ela — que eu costumava me atrasar para a aula de inglês todo santo dia, só para esbarrar em você no caminho da aula de álgebra?

— Bem, agora meio que estou me sentindo mal — comenta Aidan, apertando os cantinhos dos olhos. — Se soubesse *disso*, teria tentado ser mais pontual.

— Não teria feito diferença alguma — garante ela, lembrando como Aidan costumava vir galopando pela esquina, os livros debaixo do braço, como se fossem uma bola de futebol, sempre atrasado (no começo porque ele se perdia pelos corredores e, depois, porque sempre dava um jeito de perder a hora). — Eu teria esperado o dia todo. Provavelmente teria esperado para sempre.

Ela não está falando sério, é claro. Mas há algo de saudoso em seu sorriso.

— É? — pergunta Aidan.

Clare dá de ombros.

— É.

— Queria que ainda esperasse — confessa ele, sem nenhuma maldade, mas sim de um jeito calmo, equilibrado; uma verdade simples, um pedido sincero.

Mas, ainda assim, de um jeito marcante.

— Você precisa parar com isso — pede Clare. — Parar de bancar o romântico.

Aidan parece surpreso.

— O quê?

— Não é justo. Odeio que você seja o mocinho aqui. Não é como se eu quisesse *terminar*. Me mata só de pensar nisso, mas estou tentando ser prática. A partir de amanhã, vamos morar a um milhão de quilômetros um do outro, e não faz sentido resolver isso de outra maneira. Então você precisa parar.

— Parar de... ser romântico? — pergunta Aidan, parecendo estar achando aquilo engraçado.

— Sim.

— Você já pensou que talvez precise parar de ser tão prática?

Clare suspira.

— Um de nós tem de ser.

— A que planejou uma romântica caça ao tesouro para nossa última noite? — provoca ele, passando um dos braços pelos ombros de Clare e apertando-a de leve.

Ela revira os olhos.

— Não é uma caça ao tesouro.

— Bem, seja lá o que for, acho meio romântico para alguém tão irritantemente prática — declara ele, puxando-a para mais perto. A cabeça de Clare só alcança seu peito, então ela precisa levantar o queixo para encarar o namorado. Quando ela o faz, Aidan se inclina para beijá-la, e, mesmo que os dois já tenham se beijado mil vezes (inclusive naquele estacionamento), isso ainda lhe dá um frio na barriga e a inunda com uma súbita preocupação: quão poucos desses beijos ainda restam?

Juntos, eles andam até os degraus de entrada da escola, e Clare puxa a maçaneta da grande porta de madeira, mas a porta se recusa a ceder. Ela bate algumas vezes caso haja algum segurança lá dentro, mas ninguém responde.

— Ainda faltam algumas semanas para as aulas começarem — lembra Aidan. — Tenho certeza de que não haverá ninguém aqui numa sexta à noite.

— Achei que talvez estivessem dando aulas de reforço ou algo assim...

— Vamos apenas pular para o próximo lugar.

Clare balança a cabeça, sem saber bem como explicar que aquela é exatamente a questão. Encaixar dois anos inteiros em uma última noite; tirar todas as peças da caixa e colocá-las de volta, na ordem certa, para que ambos possam ver o todo.

E para que então possam dizer adeus.

Mas, para fazer aquilo, eles precisam começar do início.

— Não — diz ela, olhando para o alto do edifício de pedra. — Precisamos dar um jeito de entrar. Foi o primeiro lugar onde nos vimos...

Aidan sorri.

— Aula de geografia do Sr. Coady.

— Exatamente — diz ela. — Não que você se lembre.

— É claro que lembro.

— Não; lembra, não. Pelo menos não daquele primeiro dia.

— Ah, qual é? — rebate Aidan, rindo. — Como alguém não se lembraria de *você*?

— Impossível — concorda ela, apesar de saber que não é verdade.

Clare já fora chamada de muitas coisas (inteligente e engraçada, esforçada e talentosa), mas inesquecível certamente não era uma delas. As coisas importantes, as coisas das quais ela mais se orgulha, se tornam aparentes apenas quando se a conhece de fato. À primeira vista, ela é quase totalmente desinteressante: cabelos e olhos castanhos, altura mediana e aparência normal. Na maior parte do tempo, ela é apenas mais uma no meio do grupo, o que sempre foi bom, em sua opinião: o ensino médio pode ser cruel. Mas isso também significava que, antes de Aidan, nenhum garoto realmente a notara.

Naquele primeiro dia, ele se sentou na carteira logo atrás da dela. O professor distribuía geodos para correr a sala, e, quando chegou a vez de Clare, ela fez uma concha com as mãos e o deixou ali. Parecia uma pedra velha por fora, mas, por dentro, era cheio de brilhantes cristais roxos. Quando ela se virou para entregá-lo ao novo aluno, o garoto manteve os olhos na pedra. Mas tempos depois — depois de Aidan finalmente tê-la notado, depois de os dois terem percebido que aquilo era o começo de alguma coisa —, ela voltaria àquele momento várias vezes. Porque era assim que ela se sentia quando estava com ele; como se tivesse sido uma pedra a vida toda, normal e sem graça, e, só quando o conheceu, algo se abriu dentro de si e assim, do nada, ela passou a brilhar.

— Precisamos entrar — insiste Clare, sentindo-se estranhamente desesperada.

Aidan a olha de um jeito estranho.

— Importa tanto assim?

— Sim — afirma ela, sacudindo a maçaneta da porta mais uma vez, apesar de ser claramente inútil. — Precisamos começar isso do jeito certo.

Clare sabe que ele não entende por que aquilo é tão importante para ela, e não tem certeza de que conseguiria lhe explicar nem se tentasse. É só que os ponteiros estão rodando com pressa na direção do dia seguinte, quando tudo irá mudar. E isso — aquele plano para a última noite dos dois juntos — deveria ser a única coisa que ela podia controlar.

O verão inteiro Clare se debruçou sobre descrições de matérias e mapas do campus e mensagens da nova colega de quarto, tentando obter uma imagem mais clara de como sua vida em breve será. Mas, por mais que ela tenha lido, por mais que tenha tentado descobrir, é impossível imaginar os detalhes. E o não saber é a parte mais difícil.

Tem tanta coisa também. Ela não sabe se vai conseguir acompanhar as aulas de Introdução à Psicologia e História do Japão, nem se terá companhia naqueles primeiros dias cruciais, quando grupos dispersos de estranhos começam a se solidificar em grupos de amigos, como cimento endurecendo.

Ela não sabe se vai se dar bem com a colega de quarto, uma garota de Nova York chamada Beatrice St. James, interessada apenas nas bandas a que vai assistir naquele verão, e que — Clare suspeita — vai acabar cobrindo as paredes do quarto com pôsteres de shows.

Ela não sabe se será um erro deixar seu casaco de frio para trás até o feriado de Ação de Graças, se vai achar insuportável dividir um banheiro com outras vinte pessoas, se as garotas da Costa Leste se vestem diferente do que as garotas ali de Chicago. Não sabe se vai se destacar ou se misturar, afundar ou boiar, sentir saudades de casa ou ser independente, triste ou feliz.

E, principalmente, não sabe se conseguirá sobreviver sem ter Aidan do outro lado da linha.

Agora ela se afasta das portas de madeira da escola com um suspiro de derrota.

— Isso — admite ela — não foi um bom começo.

Aidan dá de ombros.

— Quem se importa? Quero dizer, você não acha que já chegamos perto o bastante?

— Perto o bastante não é bom o bastante.

— *Claro* que não — diz ele, revirando os olhos, mas a segue mesmo assim quando ela começa a caminhar pela lateral do prédio, passando pelo estacionamento dos funcionários e toda a ala oeste, até chegar aos fundos. Cada vez que passam por uma nova porta, um dos dois tenta abri-la, mas estão todas trancadas.

Por fim, logo atrás da escola, param em frente à janela da sala do Sr. Coady, no primeiro andar, as mãos em concha no vidro para tentar enxergar o lado de dentro. A sala está escura e silenciosa; o quadro-negro, limpo; as carteiras, cobertas por uma fina camada de poeira, e as rochas e outras amostras, organizadas e empilhadas em caixas na parede oposta.

— Parece diferente — comenta Aidan. — Não parece?

A seu lado, Clare assente.

— Parece quase menor ou algo assim.

— Deve ser porque somos alunos de faculdades agora, muito adultos — sugere Aidan, com um sorriso largo, e os dois se afastam do vidro novamente. Ele põe uma das mãos em seu ombro. — Sinto muito por não termos conseguido entrar.

Ela não responde; em vez disso, levanta a cabeça para a enorme janela e, então, passa os dedos pela beirada antes de bater no vidro.

— Será que... — começa ela, mas Aidan a interrompe.

— Nem pensar. Nem comece.

— Será que conseguimos entrar de algum jeito? — continua ela, ignorando-o.

— Está brincando?

Ela o olha e pisca algumas vezes.

— De jeito algum.

— Acho que não é um bom momento para um de nós ser preso — diz ele, ficando corado, como sempre acontece quando se frustra com ela. — Tenho a impressão de que minha faculdade pode não gostar muito desse tipo de coisa, e não preciso dar a meu pai mais uma desculpa para se decepcionar comigo. Não quando estou quase saindo daqui.

— É, mas...

Ele levanta uma das mãos, cortando-a antes que ela possa continuar.

— Aposto que sua faculdade também não ficaria muito animada com isso — relembra ele, gesticulando para a janela. — Além disso, estamos bem aqui. Sei que a frase "perto o bastante" não existe em seu vocabulário, mas por que isso é tão importante para você?

— Porque — responde ela, segurando o pedaço de papel, que agora está amassado numa bolinha em sua mão — é nossa última noite. E devia ser tudo perfeito. Se não conseguimos fazer nem essa parte ser perfeita...

A expressão no rosto de Aidan se suaviza.

— Isso não é uma metáfora. Se não riscarmos todos os itens da lista, só significará que somos flexíveis. Podemos nos adaptar. E isso é algo bom, sabia?

— Tem razão — admite ela, engolindo em seco. — Sei que tem razão.

Mas, mesmo assim, Clare se sente inexplicavelmente triste. Porque é claro que Aidan pensaria assim. Ele quer desesperadamente que tudo se acerte entre os dois. Se ele passasse por um trecho de calçada naquele instante com os dizeres CLARE E AIDAN COM CERTEZA DEVIAM TERMINAR ESTA NOITE em giz fluorescente, ele ainda inventaria algum jeito de explicar aquilo, reverter a situação e transformar tudo em algo positivo.

Talvez o mundo não esteja tão cheio de sinais quanto de pessoas tentando usar quaisquer evidências que consigam encontrar para convencer a si mesmas do que esperam ser verdade.

Para Clare, parece perfeitamente claro que um começo como aquele não é um bom sinal, e ela sente uma pequena pontada de insatisfação com isso: o prospecto de que estava certa o tempo todo, e que agora até mesmo o universo concorda que a única coisa lógica a fazer é terminar com Aidan.

Mas só a ideia já é seguida por uma onda poderosa de tristeza, e Clare se aproxima mais do namorado, sentindo-se um pouco instável.

Aidan a abraça automaticamente, e os dois ficam parados daquele jeito por um instante. Ao longe, o motor de um carro sendo ligado ruge, e alguns pássaros gritam acima. Ao redor do casal, o céu está mudando de azul para cinza, as bordas ficando embaçadas, e Clare pressiona o rosto contra o algodão macio da camisa de Aidan.

— Alguém já sugeriu que você pode ter um problema de controle? — pergunta ele, com um sorriso, afastando a cabeça novamente. Aidan tira gentilmente o papel das mãos de Clare e o desamassa. — Parece que isso elimina o item oito também.

— O baile do outono — lembra ela, assentindo. — Nossa primeira dança.

— Certo. Nenhuma chance de entrar no ginásio também. Pena que não tenho permissão para ser romântico, senão eu faria você dançar comigo agorinha mesmo.

— Tudo bem. Já conheço seus passos.

— Nem todos. Mas não se preocupe. A noite ainda é uma criança. Estou guardando o melhor para mais tarde.

— Mal posso esperar — diz ela, percebendo o quanto aquilo realmente é verdade.

Não importa o que aconteça mais tarde, eles ainda têm o resto da noite.

E talvez aquilo seja o bastante.

Ela passa seu braço pelo de Aidan, aproximando-se mais enquanto voltam para o carro. O vento começa a soprar com força, e, pela primeira vez, Clare nota algo a mais no ar: um primeiro sinal do outono. Normalmente, ela ama essa época do ano, e há semanas, toda vez que ela contava a alguém que faria faculdade em Dartmouth, mencionavam a folhagem de outono em New Hampshire: os tons vibrantes de vermelho, amarelo e laranja espalhados pelo campus e além. Clare não tem dúvidas de que vai achar tudo encantador quando chegar lá. Mas naquele momento ela não quer pensar na chegada da próxima estação. Ela só quer continuar vivendo a atual, o máximo de tempo que ainda puder.

Eles estão quase no carro quando ela para de repente.

— Droga! — reclama Clare, olhando por cima do ombro. — Eu queria ter pego um suvenir.

— Então *estamos* numa caça ao tesouro.

— Só achei que seria legal. Você sabe, ter uma lembrança de cada um dos lugares onde vamos parar hoje.

Aidan inclina a cabeça.

— Tem certeza de que isso não foi só um plano elaborado para roubar todas aquelas pedras preciosas da sala de geografia?

— Acho que preciosas pode ser meio exagerado. Mas não.

— Então tá — diz ele, se abaixando para pegar uma pedra de aspecto comum do chão.

É cinza-grafite e arredondada nas bordas, e ele a esfrega com a ponta de sua camisa xadrez antes de entregá-la a Clare com uma expressão solene.

— Aqui! — exclama ele, e Clare sente o peso da pedra na mão.

Ela passa o polegar pela superfície lisa, lembrando de novo daquele primeiro dia que o viu na aula, de como seu rosto acendera quando ele virou a rocha na mão — e encontrou todos aqueles cristais roxos — como se fosse um biscoito da sorte ou um ovo de Páscoa, o melhor tipo de surpresa.

— Segundo minha autoridade — continua ele agora —, como um aluno acima da média na aula de geografia do Sr. Coady, tenho o prazer de informá-la que esta pequena pedra é agora oficialmente considerada preciosa.

E eis o mais incrível: agora ela era.

PARADA # 2

A pizzaria
19h12

Durante um tempo, os dois ficaram parados na frente do Slices, olhando através das janelas embaçadas para todos os rostos desconhecidos.

— Não demorou muito para elas tomarem conta do lugar, hein? — comenta Aidan, estreitando os olhos para uma mesa de canto que costumava ser ocupada por alguns de seus colegas do lacrosse e que agora fora invadida por um grupo de estudantes mais novas, todas amontoadas e debruçadas em seus telefones.

— Já somos passado... — diz Clare gentilmente, apesar de também estar se sentindo um pouco incomodada. Depois de duas semanas de despedidas (duas semanas inteiras despedindo-se dos amigos, um de cada vez) parece que a cidade deveria agora estar vazia. Mas ali, aparentemente, é uma noite como outra qualquer, o lugar está lotado, cheio de risadas e fofocas e barulho.

Só não é mais a risada e a fofoca e o barulho *deles*.

Aidan se vira para olhá-la, os olhos azuis acesos.

— Deixe eu adivinhar — diz ele, esfregando as mãos. — Primeiro lugar no qual sujei você de comida.

Clare balança a cabeça.

— Não.

— Primeiro lugar onde me viu tropeçando nos próprios pés? Primeira vez que me viu comer quatro fatias de pizza em menos de dez minutos? Primeira vez que fiz aquele truque com a embalagem do canudo?

— Primeiro lugar onde conversamos — corrige ela, interrompendo-o, porque sabia muito bem que o namorado podia continuar a noite inteira. — Não que tenha sido uma conversa muito completa, mas *foi* a primeira vez que você me dirigiu palavras de verdade.

— Ah, sim. Me lembro agora. Tenho quase certeza de que falei que você era a garota mais linda que eu já vira, e depois a chamei para sair; bem ali na hora.

— Quase — responde Clare, com um sorriso. — Você me pediu para passar o parmesão.

— Ah. Uma de minhas cantadas menos usadas.

— Deu certo comigo — diz Clare, enquanto Aidan abre a porta.

Dentro, o restaurante está cheio de vapor e dos aromas de tomate e muçarela. Há um casal de meia-idade no canto mais afastado, debruçado sobre suas pizzas e parecendo incomodado com o caos ao redor. Fora isso, basicamente todos ali têm menos de 18 anos. É como as coisas são desde sempre; aquele lugar não é bem um restaurante, mas sim um local para almoçar fora do campus, um ponto de encontro para depois das aulas, um lugar para passar o fim de semana com o pessoal da escola. Com os bancos de couro rachados e comuns mesas marrons, a fileira de videogames ao longo de uma das paredes e a regra imutável de que fatias são servidas sem acompanhamento, aquela pizzaria meio que sempre pertenceu à população mais jovem da cidade.

Logo ao entrar, Aidan para subitamente, e Clare nota que sua mesa de sempre está ocupada por alguns dos calouros do time de lacrosse. Quando eles veem Aidan, começam a se levantar apressadamente, mas ele gesticula para que se sentem de volta.

— Foi mal — diz um deles. O garoto parece uma versão mais nova de Aidan, rosto arredondado, ombros largos, relaxado, mas toda a confiança some ao ver o antigo capitão do time. Há um tom de encanto em sua voz quando ele se desculpa. — Achamos que você já tinha ido embora da cidade.

— Quase — esclarece Aidan, dando um tapinha nas costas do garoto. — Estou indo amanhã.

— Os treinos já começam assim que chegar?

Aidan assente.

— Pré-temporada.

— Bem, boa sorte, cara — diz ele, e alguns dos outros ecoam o mesmo. — Vamos querer saber tudo no feriado de Ação de Graças.

Conforme eles se afastam da mesa, Aidan pega a mão de Clare, que responde com um apertozinho. Ela nota o reflexo dos dois no vidro escuro da janela e percebe como ambos parecem perdidos, como se tivessem entrado num lugar familiar e descoberto todos os móveis fora de lugar. Mas então os dois reconhecem uma voz perto do caixa e, ao se virar, veem Scotty inclinado sobre o balcão, tirando moedas do bolso.

Aidan para ao lado do rapaz, colocando uma nota de 5 dólares no balcão.

— É por minha conta — avisa ele, socando de leve o ombro do amigo, mas não o atingindo, porque Scotty se esquiva, dando um tapa na orelha de Aidan antes de desviar mais uma vez. Clare fica atrás, olhando os dois brigarem de brincadeira, como sempre fizeram, rodeando um ao outro como se fossem boxeadores, até notarem Oscar observando-os de trás do balcão, parecendo completamente entediado. Oscar é o corpulento, e quase sempre calado, caixa do lugar há séculos.

— Quantas? — pergunta ele, erguendo uma sobrancelha.

Aidan tosse, se endireitando.

— Cinco. Por favor.

Oscar vai até o forno sem dizer nem mais uma palavra, e Scotty dá um último soco no braço de Aidan.

— Valeu, cara.

— Acho que eu devia começar algum tipo de fundo de caridade para pizzas antes de eu ir embora — responde Aidan. — Tenho medo de que passe fome sem mim.

— Vou dar um jeito — garante Scotty, ajeitando os óculos de aro grosso. Seus olhos escuros vão de Aidan para Clare. — Então — continua ele —, chegou a hora hein?

Aidan confirma com a cabeça.

— Última noite.

— Por um tempinho, pelo menos — diz Scotty.

Clare concorda, também assentindo.

— Só por um tempinho.

— E vocês estão, er, bem? — pergunta ele, apesar de ficar claro que o que ele realmente quer perguntar é: *Já decidiram o que vão fazer?*

— Estamos bem — responde Clare, trocando um olhar com Aidan.

— Quem está bem? — pergunta Stella, aparecendo ao lado deles. Ela está toda de preto, como sempre, desde as botas até a calça jeans, a blusa e os brincos, que parecem dois penachos perdidos em meio aos cabelos negros feito piche. Stella sempre parece prestes a invadir alguma casa, e Clare acaba se destacando, apesar de usar uma gama de cores completamente normal: um vestido de verão azul com um cardigã verde.

— Onde você estava? — pergunta Clare. — Achei que passaria lá em casa hoje à tarde.

— Ah — responde Stella, subindo o canto da boca num sorriso. — É. Foi mal. Fiquei enrolada com uma coisa.

— Com o quê? — pergunta Clare, mas os olhos de Stella já se voltaram para Scotty, ocupado em colocar orégano diretamente dentro da boca. A maior parte cai na frente de sua blusa do Batman, e ele tosse e bate no peito, os olhos se enchendo d'água enquanto tenta engolir o resto.

— Parece uma criancinha tentando aprender a comer — comenta Stella, balançando a cabeça. Scotty olha feio para ela enquanto tira o tempero da camisa, e, como sempre, Stella devolve o olhar. Ela fica alguns centímetros mais alta que ele com os saltos assustadoramente vertiginosos que insiste em usar, e, depois de um tempo, Scotty apenas dá de ombros e volta ao orégano.

O fato de os dois nunca terem se dado bem geralmente não é problema. Mas, com a maioria dos amigos a caminho da faculdade, seu grupo se resumiu a um desconfortável quarteto: Scotty e Stella, já se provocando por causa de coisas desimportantes, e Aidan e Clare, ainda em discordância por causa de todas as coisas que importam.

Clare se volta para Stella:

— Você lembra que eu vou embora amanhã de manhã, certo?

— Hum, sim — responde Stella, após um segundo. — E eu estou indo embora no dia seguinte.

— Então onde você estava?

Ela franze o cenho.

— O quê?

— Onde esteve nos últimos dias? — repete Clare, e ignora Scotty e Aidan, encarando uma e depois outra, como se assistissem a uma partida de tênis. No momento, ela não está nem aí; só quer que Stella saia de onde quer que tenha se enfiado ultimamente. Porque ir embora para a faculdade é algo importante, e Clare realmente precisa da melhor amiga nesse momento.

É parte da descrição do trabalho, afinal: o contrato não verbal entre todos os melhores amigos. Clare precisa estar ao lado de Stella — para ajudá-la com as inscrições para a faculdade, ou acompanhá-la nas intermináveis excursões a brechós, escutá-la reclamando sobre a falta de caras interessantes na escola, ou do trio de irmãos exaustivos; e, em troca, Stella devia estar ao lado de Clare também. Mesmo que isso signifique ser dura com ela.

"Você se dá conta", dissera ela um dia, no começo do verão, interrompendo uma das frequentes reflexões de Clare sobre o que fazer a respeito de Aidan, "que você vai terminar com ele um dia de qualquer maneira, certo?"

Elas estavam no carro, a caminho do cinema, e Clare tirou os olhos da estrada para fitar os de Stella, surpresa.

"Por que está dizendo isso?"

"Porque", respondeu Stella, colocando um dos pés no painel, "é verdade. Se não acontecer no final do verão, vai acontecer algumas semanas mais tarde, no feriado de Ação de Graças ou no Natal, ou no próximo verão. É inevitável."

"Ninguém tem como saber isso."

"Tem sim", rebateu Stella, parecendo furiosamente confiante. "E no meio-tempo, você vai passar seu primeiro ano inteiro sentada por aí, vendo sua colega de quarto idiota..."

"Beatrice", corrigiu Clare, exausta. No instante que ela recebera a informação sobre a nova colega de quarto, Stella — que pedira para si um quarto individual — imediatamente decidiu que não ia com a cara da garota. E, quando Clare e Beatrice começaram a trocar mensagens, tudo só piorou. Stella insistiu em analisar cada recado que aparecia no celular de Clare, revirando os olhos para o fluxo constante de nomes de bandas e datas de shows constantemente mencionados por Beatrice.

"Tudo bem", continuou Stella. "Você vai ficar sentada, olhando sua *colega de quarto idiota, Beatrice,* se arrumando para ir a todos aqueles shows *irados* de que ela tanto gosta, enquanto fica enfurnada no dormitório, com um pijama de flanela, lendo um livro, porque não quer se divertir sem Aidan, que — a propósito — vai estar pela Califórnia sendo convencido pelo colega de quarto idiota *dele*..."

"Rob."

"... o colega de quarto idiota dele, Rob, o surfista..."

"Rob, o nadador."

"Que seja", diz ela, claramente impaciente. "Rob, o nadador, cuja única preocupação é, aparentemente, se Aidan se importa em ter um frigobar no quarto, o que, suponho, *não* seja para manter vegetais frescos. Você sabe que ele, com certeza, vai arrastar o Aidan pra sair e conhecer garotas. E, mesmo que não arraste, Aidan vai conhecer várias garotas de qualquer jeito. Acredite em mim. A faculdade é assim."

"Além de toda a parte de aprendizado."

"Essa parte vem em um muito distante segundo lugar. A questão é: você quer mesmo passar os próximos quatro anos se sentindo culpada porque saiu uma noite com sua colega de quarto e ficou vidrada num baterista qualquer de cabelos e olhos lindos?"

Clare riu.

"Quando na vida fiquei vidrada num baterista?"

"Bem, você nunca ficou", admitiu Stella, olhando-a de esguelha. "Mas só porque nunca se permitiu imaginar que existem outras possibilidades por aí."

"Quer dizer além de Aidan."

"Quero dizer além da escola", corrigiu Stella.

Mas isso tudo foi no começo do verão, quando a amiga ainda se importava o bastante para ser honesta. E quando tinha tempo de escutar. Ultimamente, ela não andava por perto para fazer isso, e, mesmo que ambas ainda estejam na cidade — pelo menos por mais uma noite —, a Clare parece que a melhor amiga já meio partiu.

Talvez Stella esteja dando a Clare e Aidan tempo para lidar com as coisas sozinhos, ou talvez ela só queira se ocupar, preparando-se ela mesma para ir embora. Ou talvez tudo esteja chegando ao fim, e seja mais fácil fingir que não. Stella nunca foi exatamente ótima naquele tipo de coisa, de qualquer maneira; ela é alérgica a sentimentos e cautelosa com emoções, então tentar fazê-la apreciar o significado de um marco como aquele é meio como tentar abraçar um gato arisco.

Mas ainda assim, depois de catorze anos de amizade, Clare se recusa a deixá-la escapulir para a faculdade sem algum tipo de despedida significativa.

Agora Stella está debruçada no balcão, distraidamente tirando guardanapos do porta-guardanapo, evitando a pergunta de Clare. Finalmente, ela dá de ombros.

— Não sei. Por aí.

— Na verdade não — argumenta Clare, balançando a cabeça. — Não tem retornado minhas ligações, tem chegado atrasada...

— Talvez ela não saiba ver as horas — brinca Scotty.

— ... não tem respondido minhas mensagens...

— Ou não saiba digitar — interrompe ele de novo.

— Cale a boca, Scotty — falam as duas exatamente ao mesmo tempo, e com isso elas não conseguem se segurar: assim que Clare e Stella se olham, começam a gargalhar.

— Sinto muito — lamenta Stella, depois de um tempo. — É só que tem muita coisa acontecendo. Mas vamos compensar hoje à noite. Sério.

— Promete? — pergunta Clare, e Stella sorri.

— Promessa de mindinho — responde ela, esticando o dedo mindinho do jeito que elas faziam quando eram crianças. Clare sorri, relutante, mas engancha o dedo no de Stella.

— OK — diz Clare, enquanto, atrás delas, Oscar bate com o punho na mesa. Elas se viram e veem suas fatias prontas. Aidan pega a bandeja, e todos vão até uma mesa vazia ao lado da janela.

Assim que se sentam, Scotty dá uma enorme mordida em sua pizza. O queijo ainda está fervendo, e ele se encolhe, largando a fatia de volta no prato.

— Quente demais.

Stella revira os olhos.

— Você é um mentecapto.

— Palavra do dia? — pergunta Clare. Desde o vestibular, Stella ficou obcecada com vocabulário rebuscado, escolhendo uma palavra nova para inserir na conversa a cada dia.

Mas ela balança a cabeça negativamente.

— Não, é só o que ele é mesmo. A palavra de hoje é *estupefata*, apesar de eu sequer imaginar como terei a chance de usá-la, considerando a *falta* do que me estupefazer por aqui. — Ela olha para Scotty com um sorriso. — Exceto talvez por como você é um mentecapto.

— É esse tipo de vocabulário rebuscado que te fez entrar em uma boa faculdade como a Florida State? — pergunta Scotty, tirando pedacinhos da borda de sua fatia enquanto espera o queijo esfriar, e Stella, ainda um pouco sensível por causa da única aprovação no vestibular, o encara com raiva.

— Olha só quem fala, o cara da faculdade comunitária — devolve ela, e todos ficam imóveis abruptamente. Além de Clare, Aidan baixa sua pizza, de boca ainda aberta, e Stella, imediatamente percebendo ter ido longe demais, fica pálida.

Há meses esse tem sido um assunto inominável. Eles passaram o verão todo pisando em ovos por causa daquilo, e, até mesmo agora, na véspera da partida, parece de alguma maneira errado trazer a situação à tona.

Porque, de todos eles, Scotty é o único que não vai a lugar algum no dia seguinte.

Não que todos não tivessem vivenciado sua cota de reprovação na última primavera. Por mais que agora esteja ansiosa pelo clima ameno da Flórida, Stella realmente queria ficar mais perto de casa, estudando na Universidade de Illinois. Aidan não entrara em Harvard, mesmo com toda a bagagem. E, apesar da confiança de Clare em relação a suas chances na maioria das faculdades, no final ela só foi aceita em quatro das doze que tentou.

Scotty, no entanto, não obteve um único sim. Depois de uma trajetória acadêmica que incluía modos cada vez mais criativos de matar aula, isso não devia ter sido surpresa. Mas Aidan e o amigo passaram tantos meses sonhando em conquistar a Califórnia juntos que Scotty levou semanas para confessar seu fracasso, e, quando enfim o fez, ficou claro para todos como aquilo lhe foi doloroso. Desde então ele tem feito o melhor para brincar com o fato — assim como faz com todo o resto —, mas Clare suspeita de que a única coisa mais difícil que partir é ser deixado para trás.

O rosto de Scotty agora está pálido, as orelhas rosadas nas pontas, e seu corpo magro está dobrado sobre a mesa de um jeito que o faz parecer ainda mais magro que o normal. A personalidade de Scotty geralmente é grandiosa o bastante para fazer as pessoas esquecerem seu tamanho, mas agora parece que todo o ar saiu de seu corpo.

Stella parece excepcionalmente sincera ao colocar sua mão no ombro do amigo.

— Ei, sinto muito. Sabe que eu não quis...

— Esquece — interrompe ele. — Tudo bem.

Clare é tomada por uma lembrança de Aidan, pouco tempo depois de eles terem começado a namorar, sugerindo que juntassem Scotty e Stella. Ele ainda era novo na época, ainda sem noção sobre a súbita dinâmica da galera do ensino médio, e ainda sem saber que os dois brigavam — mais ou menos ininterruptamente — desde o jardim de infância.

"Mas Scotty é tão legal", tinha comentado Aidan, o que era verdade. A maioria de seus outros novos amigos era do time de lacrosse, mas ele conhecera Scotty na aula de artes, onde os dois eram os únicos garotos. O primeiro trabalho fora fazer um desenho a carvão de um objeto importante para eles. Todas as garotas desenharam cadeados em formato de coração, velhos relógios ou diários rebuscados. Aidan desenhara seu taco de lacrosse. Mas Scotty, naturalmente, fizera uma versão à la Picasso do Sr. Cabeça de Batata, e, quando Aidan se inclinou para elogiá-lo sem nem uma pontada de ironia, os dois imediatamente se tornaram amigos.

"É, mas ele não vai dar certo com Stella", argumentara Clare. "Acredite em mim. Conheço os dois há muito mais tempo. São como óleo e água."

Mas aquilo não era exatamente verdade. O problema não era que eles *não* combinavam; era que combinavam bem demais. Os dois falavam alto e eram engraçados, destemidos e leais, completa e inegavelmente magnéticos. O problema é que haviam passado a maior parte de suas vidas repelindo um ao outro.

— Sério — diz Stella agora, com a mão ainda no ombro de Scott. Ela parece arrependida de verdade. — Não foi...

— Está tudo bem — repete Scotty, finalmente olhando para ela. — Quero dizer, é o que está acontecendo, não é? Vocês todos estão partindo, e eu vou ficar aqui. Não é como se ignorar isso fosse mudar alguma coisa.

Clare se debruça sobre a mesa.

— É, mas...

— Sério, estou bem com isso — afirma Scotty, e seu rosto cede um pouco. — Pelo menos não vou mais ter de dividir minha pizza com vocês.

— *Sua* pizza? — pergunta Aidan, erguendo uma das sobrancelhas.

— É — confirma Scotty, assentindo, já parecendo mais alegre. — Vocês vão comer pizzas de segunda classe em novas pizzarias, totalmente desconhecidas, e eu ainda estarei aqui... com tudo isso só para mim.

Stella ri, apesar de Clare perceber que foi mais de alívio que qualquer outra coisa; ela só está feliz por não ter estragado a noite sem querer. Scotty a olha de lado rapidamente antes de se voltar de novo para Aidan.

— E sabe qual a melhor parte? — continua ele, o sorriso se abrindo. — Quando finalmente caírem na estrada, vou estar livre e solto para sair com um certo alguém. Talvez ela possa até vir me ajudar a comer toda essa pizza extra...

Demora um instante para que absorvam o que Scotty está dizendo, mas, quando isso acontece, Aidan franze o cenho.

— Cara — diz ele, balançando a cabeça —, é a última vez que te digo. Você não tem permissão de chegar nem *perto* de minha irmã.

Aquela é uma brincadeira que só Scotty parece achar divertida. Para Aidan, ainda é um assunto delicado, e qualquer lembrança do baile da primavera do ano passado — quando ele e Clare saíram mais cedo e surpreenderam o melhor amigo beijando a irmã mais nova de Aidan num corredor escuro — é o bastante para fazer a veia na testa de Aidan saltar.

Aidan sempre foi superprotetor com Riley e, mesmo depois que a história toda foi desvendada, mais tarde — de como o par da garota a havia abandonado, e Scotty havia sido legal o bastante para lhe fazer companhia, e então como uma coisa levou à outra —, ele continuou furioso. Aidan e Scotty ficaram sem se falar durante semanas, apesar das tentativas de Clare de consertar as coisas entre os dois. E, apesar de a amizade ter se recuperado com o tempo — ajudada pela confissão de Riley de que fora ela quem beijara Scotty, e as promessas desesperadas de Scotty de que aquilo jamais se repetiria —, o assunto ainda era delicado para Aidan.

A maioria das pessoas normais pisaria em ovos perto de algo como aquilo, evitando-o como uma praga. Mas não Scotty, que ainda insiste em trazer tudo à tona de vez em quando, aparentemente esperando que, com o tempo, se torne mais engraçado. O que nunca aconteceu.

— Cedo demais — declara Clare, jogando uma bolinha de guardanapo no rapaz. Do outro lado da mesa, Stella está olhando para Scotty com uma expressão que diz claramente: "Por que você é tão babaca?"

Scotty para de sorrir, e finalmente dá de ombros.

— Ok, ok — diz ele a Aidan, levantando as mãos. — Eu só estava brincando. Prometo: sua irmã está fora de cogitação.

— Não é como se você fosse ter alguma chance — rebate Aidan, com um grunhido, cruzando os braços.

— Ei — diz Scotty, levantando a cabeça depois de uma tentativa miseravelmente fracassada de abrir o embrulho do canudo com um sopro. — Sou um ótimo partido.

Aquilo faz Stella rir até tossir. Ela bate no próprio peito de forma teatral algumas vezes, e Scotty fica emburrado de novo.

— O quê? — pergunta ele, com um tom de desafio na voz. — Só porque me acha um idiota que não conseguiu nem entrar para uma faculdade de verdade?

— Não — responde Stella, com firmeza. — Porque acho você um idiota linguarudo muito cheio de si.

Enquanto os dois retomam a implicância, Clare olha para Aidan, geralmente o juiz nessas ocasiões. Mas, no momento, ele só está assistindo à cena com uma expressão indecifrável, a cabeça inclinada para o lado. Quando seus olhos se encontram, ele abre um sorriso cansado, mas, apesar de tudo, Clare percebe que tem uma parte do namorado secretamente gostando daquilo. Era exatamente o que ele esperava daquela noite — algo *normal*. Algo leve e bobo e sem significado. Algo que não pareça um fim.

— Tive uma ideia brilhante — diz Clare, e Scotty e Stella olham para ela como se já tivessem se esquecido de que havia outras pessoas ali. — Vamos brincar de ficarmos quietos.

— Eu vou perder — avisa Scotty, dando de ombros.

— É claro que vai — concorda Stella, e, simplesmente, os dois voltam ao interminável ciclo de provocações e discussões.

Clare se recosta na cadeira, observando o pequeno restaurante, onde a luz é quente e amarela. Seria impossível contar a quantidade de noites que haviam começado ou terminado ali, quantas noites seguiram exatamente aquele padrão. Ela deixa o conjunto do lugar tomar conta dos sentidos: os apitos dos videogames e as garotas desafinadas em uma mesa de canto, o cheiro do alho e do queijo, e as luzes fluorescentes na placa da janela escura, de um vermelho tão elétrico que fazia arder os olhos.

Quando ela volta a atenção à mesa, Aidan ainda lhe sorri.

— Ei — diz ele, tocando o ombro de Clare gentilmente com o seu.

— Ei — responde ela, tão baixinho que quase se perde em meio ao barulho do lugar, um barulho que não pertence mais a eles. Mas Aidan escuta mesmo assim.

— Alguma chance — começa ele — de você me passar o parmesão?

Clare pega o pote de queijo ralado, entregando-lhe com um sorrisinho. Mas depois, quando ninguém está olhando e a pizza já acabou e o pote de queijo já foi esquecido, ela não consegue se segurar: pega-o novamente e o enfia na bolsa.

PARADA # 3
A praia
19h54

Do lado de fora do restaurante, o céu agora está de um cor-de-rosa escuro, transformando as árvores, os postes de luz e o telhado da estação de trem em silhuetas. Juntos, todos andam até o carro de Aidan, estacionado na rua, e os quatro formam um pequeno semicírculo em volta do capô, como já fizeram tantas vezes antes, esperando que alguém decida qual rumo a noite irá tomar.

Geralmente haveria mais deles, discutindo sobre o que fazer depois dali. Mas, ao longo das duas últimas semanas, seus outros amigos se espalharam pelo país, partindo, como os raios de uma roda, do pequeno subúrbio de Chicago para uma dúzia de direções diferentes: Caroline para o Texas, Will para Ohio e Elizabeth para a Carolina do Norte. Georgia partira há séculos, em uma excursão de introdução dos calouros, para o norte do estado de Nova York; e os gêmeos, Lucia e Mateo, foram sozinhos de carro para San Mateo, de modo que tivessem tempo suficiente de conhecer alguns lugares novos pelo caminho. E depois, no começo da última semana, eles haviam perdido os restantes quando as aulas na Universidade de Illinois começaram; dezenas de amigos migraram para o sul ao mesmo tempo.

— É meio esquisito não é? — pergunta Clare, colocando as mãos nos bolsos.

Stella concorda com a cabeça, o olhar fixo na calçada.

— E então sobraram quatro... — diz ela, e todos ficam em silêncio. Apesar de ainda não ter escurecido completamente, os postes de luz se acendem, lançando longas sombras pela calçada.

Finalmente, Scotty pigarreia e pergunta:

— Então, qual é o plano?

— Tá tudo meio parado — responde Stella, tirando o celular da bolsa e olhando suas mensagens. — Quase todo mundo já foi embora. Mas aparentemente Andy Kimball chamou o pessoal para ir até sua casa mais tarde. E Mike Puchtler e aqueles caras vão ao boliche. Disseram que a gente podia encontrar com eles lá.

— E, se nada mais der certo, sempre podemos ficar em meu quintal — oferece Scotty. — Só para variar.

— Você tem um quintal? — pergunta Clare, fingindo espanto, já que os quatro acabaram no local praticamente toda noite daquele verão, comendo os biscoitos caseiros da mãe de Scotty sob o céu estrelado enquanto o relógio se aproximava do fim de mais um dia.

— Na verdade — diz Aidan, batendo no capô do carro e fazendo todos voltarem-se para ele —, acho que vamos à cidade.

Scotty parece decepcionado e fica encarando o melhor amigo.

— Então... é isso?

— Pois é, o que houve com passarmos tempo de verdade juntos? — pergunta Stella, enrugando a testa e olhando para Clare. — Vai me deixar sozinha com esse palhaço em nossa última noite juntas?

— Não — responde Clare rapidamente, mais alto que os protestos de Scotty. — É rapidinho. Ainda temos coisas para... conversar. Mas vamos encontrar os dois mais tarde, com certeza.

— Certo — confirma Aidan. — Só precisamos fazer algumas paradas antes.

Stella ri.

— Deixe eu adivinhar: Clare fez uma lista.

— Clare fez uma lista — confirma Aidan, com um largo sorriso.

— Prós e contras?

— Está mais para um roteiro, na verdade.

— Ei! — reclama Clare, franzindo o cenho para eles. — De que outra forma podíamos resolver isso?

Scotty revira os olhos.

— É, vocês quase não tiveram tempo para pensar toda essa história de faculdade. Devem realmente ter sido pegos de surpresa.

— Não é isso! — protesta Clare, olhando para Aidan, e, quando seus olhares se encontram, ele sorri quase sem querer, o tipo de sorriso que ela mais ama: é como um espirro, um reflexo, um tique, impotente e automático, e algo que só acontece quando ele a olha.

— A gente meio que não consegue entrar num acordo — explica Aidan, levantando o pulso para mostrar a todos seu relógio. — E eu só tenho, tipo, mais dez horas para convencê-la. Então não há tempo a perder.

— Mas vamos ligar para vocês mais tarde — promete Clare, entrando no carro. Quando Stella a olha de um jeito cético, ela acrescenta: — Promessa de mindinho.

— Sabe quem provavelmente não aceita promessas de dedo mindinho? — pergunta Stella, aproximando-se para apoiar os cotovelos na janela aberta. — Beatrice St. James.

Clare não consegue segurar o riso.

— E é por isso que tenho tanta sorte por ter *você*.

— Tem mesmo. — Então seu rosto muda, e ela parece mais sincera que o normal. Stella olha rapidamente para trás e depois de volta a Clare. — Ei — continua ela, chegando mais perto, a voz em um sussurro baixo. — Boa sorte, tá? E olha...

Clare inclina a cabeça, esperando.

— Sei que posso ter dito que achava loucura vocês tentarem continuar juntos...

— Só uma ou duas vezes.

— Mas... — Stella para em seguida e lambe os lábios. — Mas... eu sei lá.

Clare a encara. *Eu sei lá* não é uma declaração normalmente associada a Stella, tão mais adepta a afirmações como *Eu avisei* ou *Confie em mim* ou *Vamos fazer tal coisa*.

— Quero dizer, o lance de vocês dois... é bem legal. — Ela se vira para olhar por cima do ombro, na direção de onde Aidan e Scotty conversam, a alguns centímetros. — Então não sei mais. Eu acho... acho que só estou dizendo que não faço ideia do que você deveria fazer.

— Isso ajuda muito — ironiza Clare, dando um tapinha em sua mão. — Obrigada pelo incentivo.

Apesar de não querer, Stella ri.

— Desculpe.

— Não, tudo bem. É ótimo, na verdade. Senti falta de conversar com você sobre isso nos últimos tempos, principalmente porque tem sido tão difícil decidir...

Atrás de Clare, a porta do motorista é aberta, e Aidan entra, olhando para as duas com um sorriso de expectativa.

— Pronta? — pergunta ele.

Pega de surpresa, Clare assente.

— Vemos vocês mais tarde — despede-se Stella, dando uma batidinha na porta do carro antes de se afastar e parar ao lado de Scotty, que levanta uma das mãos para acenar.

— É — endossa ele, alegremente. — Tomara que ainda estejam se falando até lá.

Clare acena de volta, mas as palavras de Scotty a fazem tremer um pouco. Ela percebe que ele tem razão. Da próxima vez que encontrar os amigos, há uma grande chance de que Aidan e ela tenham terminado, e de que tudo esteja diferente.

— Pronta mesmo? — pergunta Aidan, ligando o carro.

Clare olha pelo para-brisa empoeirado, observando Stella e Scotty partirem juntos, então assente e diz:

— Pronta.

No caminho, os faróis do carro atravessam a neblina azulada, varrendo a praça da cidade e a estação de trem, a biblioteca e o parque com a estátua de veado, estoica, mesmo coberta por uma camada de grafite azul.

Aidan está relaxado no banco, uma das mãos ao volante, a outra mudando de estação no rádio. Ele não precisa perguntar o motivo por trás da próxima parada. Já a visitaram tantas vezes juntos que o caminho parece quase automático, como se não estivessem dirigindo, e sim sendo puxados em direção à praia.

Clare mexe no cinto de segurança, onde o material está puído, enrolando um fio solto em volta do dedo. Ela não consegue parar de pensar no que Scotty falou. Durante anos, ela tem planejado cada aspecto de sua vida — redações e inscrições para a faculdade, atividades e esportes extracurriculares, trabalho voluntário e deveres de casa —, tudo pensando em entrar na universidade. Ainda assim, de certa forma, ela não conseguiu se preparar para deixar *Aidan*, o que parece tão mais importante que o resto.

Há meses eles sabem que terão de se separar. Não importa o que decidam em relação ao futuro — continuarem juntos ou terminar —, isso não muda nada. Às seis e meia do dia seguinte, Clare iniciará a longa viagem de carro até New Hampshire com seus pais, e, apenas algumas horas mais tarde, Aidan estará num voo para a Califórnia.

Mas, agora que está tão perto, Clare percebe o quanto subestimou a distância; durante um bom tempo aquele momento lhe parecera algo no horizonte, algo que ela precisava apertar os olhos para enxergar ao longe, tão longe que quase parecia irreal. Até agora, quando tudo está subitamente correndo a seu encontro em um ritmo impossível, tão veloz que não importa se Clare está pronta ou não. A única coisa a fazer é torcer pelo melhor.

Ela se recosta no banco, deixando a cabeça virar para o lado.

— Queria que fosse você dirigindo — diz ela, e Aidan olha em sua direção. O rádio sintonizado em uma estação de *bluegrass*, e o som da guitarra sobe, preenchendo o carro silencioso.

— Não é isso que estamos fazendo?

— Não, estou falando de amanhã. Nos daria mais tempo...

— Bem, por mais que eu fosse adorar te levar, tenho certeza de que seus pais ficariam desapontados se não a acompanhassem até lá. — Ele sorri, mas há algo rígido em seu queixo. — Ouvi dizer que isso é meio que um grande acontecimento.

Clare coloca uma das mãos no ombro do namorado.

— Tenho certeza de que os seus te levariam se você simplesmente pedisse — diz ela, apesar de não ter total certeza de que seja verdade. Os pais de Aidan ficaram arrasados por ele não ter entrado em Harvard, especialmente o pai. Ele foi o primeiro da família a fazer faculdade e, para um garoto pobre do sul de Boston, ganhar uma bolsa integral para a Harvard foi como pisar na lua. Ele falava daquilo constantemente, com uma reverência quase religiosa. Para o pai de Aidan, era um lugar mágico, que abrira todas as portas, e seu maior desejo era que o filho seguisse seus passos.

Aidan, por outro lado, só sentira alívio com a rejeição. Ele nunca tivera interesse em Harvard, os prédios iguais, corredores sagrados e ruas cobertas de neve; havia história demais ali, expectativas demais. Ele sempre quisera um lugar ensolarado e cheio de festas, estádios lotados de torcedores, uma escola cheia de vida e atividades, algum lugar grande o bastante onde pudesse criar as próprias lembranças.

Depois de uma viagem de recrutamento no outono passado, onde se encontrara com o técnico de lacrosse de Harvard e fizera um tour pelo campus, Aidan voltara ainda mais decidido a não ceder à pressão.

"Devia ter visto meu pai", contou ele a Clare quando voltou. "Ficou com aquele sorriso bobo estampado no rosto o tempo todo. E quando fomos assistir a um treino? Foi muito louco. Ele nunca me fez uma pergunta sobre lacrosse, jamais, e, então, de repente, trocava ideias com o treinador como se fosse um fã a vida toda."

"É, mas o que *você* achou?", perguntou Clare.

Aidan deu de ombros.

"Não é pra mim."

"Como sabe?"

"Apenas sei. Por que você prefere uma pequena faculdade de artes liberal?"

Clare balançou a cabeça.

"Simplesmente sei."

"Pois é."

Ela sabia que o namorado tinha razão. Havia uma certa dose de coragem envolvida na decisão de se jogar em alguma parte aleatória do mundo, entrando cegamente em uma vida inteiramente nova. Clare sempre soube que estava destinada à costa leste, assim como Aidan sempre havia gostado da oeste: instintivamente e sem lógica.

Mas o pai de Aidan jamais quisera ouvir falar naquilo, e, quando o filho não passou, ele não conseguiu esconder a decepção. O homem sempre achou que Aidan mudaria de ideia em relação a Harvard. Mas, na verdade, ele devia ter se preocupado se Harvard mudaria de ideia em relação a Aidan.

Não houve um real motivo por ele não ter sido aceito: as notas não eram espetaculares, mas eram surpreendentemente boas, considerando a falta de esforço, e ele era um jogador bem cobiçado, para não dizer um prodígio.

Mas, mesmo assim, ele não entrou.

O que foi mais que bom na opinião de Aidan.

Só que ele sabe muito bem que, se estivesse indo para Cambridge amanhã, não haveria dúvidas de que os pais o estariam levando até lá de carro, ansiosos e animados. Em vez disso, ele estava indo para a escola de *seus* sonhos. Mas fazendo tudo sozinho.

Quando ele apenas dá de ombros, Clare afasta sua mão.

— Você sempre soube que era Harvard ou nada para eles — argumenta ele.

— Bem, talvez a despedida no aeroporto seja melhor de qualquer maneira — sugere ela, com a voz um pouco alegre demais. — Chegar acompanhado dos pais no primeiro dia de treino provavelmente não causaria uma boa impressão.

— Qual é? — brinca Aidan, relaxando o braço que estava rígido e abrindo um sorrisinho para ela. — Eu causaria uma boa impressão mesmo agarrado a um *ursinho de pelúcia*.

Ela é incapaz de não imaginar a cena. Aidan parece tão sincero agora, as sardas perdidas no escuro, os olhos grandes. Com os cabelos ruivos e o rosto arredondado, o corpo esguio e alto demais, ele sempre pareceu mesmo um ursinho de pelúcia para Clare. Então, às vezes é desconcertante quando ela o assiste em campo, se desviando e abaixando, girando e atacando, correndo para chegar ao gol antes da defesa. De certa forma, é bonito vê-lo daquele jeito, poderoso e ágil, e surpreendentemente veloz. Mas ela sempre fica um pouco aliviada quando ele tira o capacete no final do jogo e volta a ser simplesmente Aidan, com o rosto corado e feliz em vê-la.

— Você causaria uma boa impressão mesmo agarrado a *dois* ursinhos de pelúcia — tranquiliza ela, dando um tapinha em seu braço.

Ao chegarem perto do lago, as casas começam a ficar maiores, mansões esparramadas sobre enormes jardins. É tão diferente de sua parte da cidade — onde os lotes são do tamanho de selos postais, e as casas ficam coladas umas nas outras — que é quase como se eles tivessem viajado para um lugar bem mais distante.

Com a janela abaixada, Clare já consegue ouvir o som das ondas da praia abaixo. Aidan vira na estradinha que leva ao lago, um caminho tortuoso que corta uma trilha ao longo de um barranco, e, quando eles chegam, não há nada além da água e da areia e de um pequeno estacionamento pontilhado por alguns carros espalhados.

Eles estacionam e andam por um caminho de pedras, afastando-se da calçada com as mesas de piquenique, churrasqueiras e o playground, que agora está quieto sob a escuridão, e avançam na direção da faixa mais larga e selvagem de areia. O céu está riscado de laranja, vibrante contra o fundo violeta, e a água parece dourada com o finalzinho de luz. Clare fica engasgada ao ver aquilo.

— Vou sentir falta disso — confessa ela, descalçando as sandálias. A seu lado, Aidan está tirando o tênis. Eles saem do caminho de pedras, os pés nus afundando na areia, e recolhem seus calçados.

— Eu ainda vou estar bem perto da água, acho — diz ele, enquanto caminham na direção de uma das enormes pilhas de rochas que agem como barreira para as ondas, estendendo-se para o lago em intervalos regulares ao longo da costa.

— Você *acha*? — pergunta ela, encarando-o. — Não olhou nem o mapa?

Aidan dá de ombros.

— Achei que seria melhor se tudo fosse surpresa.

— *Tudo?* Você leu pelo menos uma página do material de orientação?

— Li um pouco da parte do lacrosse — admite Aidan, e, antes que Clare possa responder, ele a olha duramente. — Você está parecendo meus pais.

— Não é justo — refuta ela, parando abruptamente.

Aidan passa o braço em volta de seus ombros, puxando-a para perto, e os dois meio que cambaleiam novamente na areia fofa.

— Desculpe — sussurra ele, sua boca perto da orelha de Clare. — Eu só...

— Eu sei — contemporiza ela, passando o braço pela cintura do namorado.

Os dois sobem juntos nas pedras, pisando com cuidado onde as ondas deixaram a superfície escura e escorregadia, e, uma vez em seu lugar preferido, se sentam, balançando os pés pendurados.

Ao longe, Clare e Aidan podem ver a luz piscante da alta boia de arinque, colocada ali alguns anos antes a fim de mandar dados do meio ambiente para algum laboratório em Indiana. Com base ampla e topo estreito, e sensores que parecem mais com olhos que com qualquer outra coisa, o objeto se assemelha a um robô se afogando para o resto do mundo. Os dois se afeiçoaram tanto a ele ao longo dos anos que o batizaram de Ferrugem, por causa de uma discussão acalorada sobre o efeito da água salgada no metal.

Preocupar-se com o bem-estar de Ferrugem se tornara um dos passatempos favoritos dos dois, e, no verão anterior, Scotty sugeriu que alguém deveria nadar até lá e dar um colete salva-vidas ou coisa assim ao pobrezinho. Alguns tentaram sem muito esforço, mas a boia estava bem distante da praia, e ninguém se comprometeu o suficiente com a piada para cobrir a distância. Ainda assim, toda vez que eles iam à praia, alguém inevitavelmente tocava no assunto, e o desafio passava mais uma vez pela roda, enquanto todos se perguntavam quem finalmente salvaria o pobre e velho Ferrugem.

Agora Aidan estreita os olhos para o arinque, que brilha em branco contra a linha pálida do horizonte.

— Acho que ele terá de viver sem a gente por um tempo.
— Me parece que ele vai sobreviver.

Aidan se vira para olhá-la.

— Acho que até agora essa é minha parada preferida.
— Só porque das outras você não se lembra — brinca ela, e Aidan ri.

— Verdade — admite ele, se aproximando. — Mas estou aqui mais para reviver o momento.

— Não se pode reviver um primeiro beijo — argumenta Clare, olhando por cima do ombro para onde tudo havia começado aquela noite, a noite da fogueira. Não foi nenhum tipo de ocasião especial, apenas uma festinha, um encontro casual de amigos e conhecidos, com uma fogueira central soltando faíscas em meio à escuridão e fazendo tudo parecer embaçado e indistinto.

Clare havia se perdido de Stella instantes depois de chegar, então ela andou sozinha até o cooler com as bebidas, mas, quando o alcançou, hesitou. Era uma noite de outono amarga, beirando o inverno, e o calor da fogueira não conseguia aquecê-la direito. Ela ainda estava parada, tentando decidir se ia beber ou não algo frio, quando Aidan apareceu e enfiou a mão nua em todo aquele gelo, procurando uma latinha e entregando-a a Clare, com um sorriso galanteador.

"Obrigada", agradeceu ela, segurando a latinha com as luvas azuis. "Apesar de que, se vai brincar de barman, era bom usar luvas."

Ele olhou para a própria mão, enrugada e vermelha e ainda pingando do gelo, e então Clare, sem nem pensar, nem perceber o que fazia até tê-lo feito, pegou as mãos de Aidan e as segurou entre as suas.

Seus olhares se encontraram por um momento inesperado, e ele sorriu.

"Muito melhor", disse Aidan. "Obrigado."

Depois daquilo, os dois começaram a conversar — ela nem consegue se lembrar sobre o quê — e logo estavam caminhando para perto da água, desafiando-se a molhar os dedos dos pés, apesar de estar frio demais para aquilo.

"Não é meio legal ter toda essa areia, mas cada grão ser totalmente diferente?"

Aidan a olhou com uma expressão surpresa.

"Acho que não devo ter prestado atenção naquele dia."

"Que dia?"

"Na aula de geografia. Tenho o hábito de sonhar acordado."

"Ah", disse Clare, balançando a cabeça. "Não, na verdade li isso em outro lugar." Ela parou de andar e ergueu um dos dedos, apontando para o céu. "Também li que existem ainda mais estrelas que grãos de areia. Não é loucura?"

Ele a encarava com uma expressão perplexa, e Clare mordeu o lábio inferior, sentindo-se um pouco envergonhada. Ela já passara tempo bastante observando Aidan nas últimas semanas para saber que um cara como ele provavelmente não gostaria de uma garota que lia revistas científicas no tempo livre, e as engrenagens de seu cérebro começaram a girar freneticamente a fim de tentar encontrar outro assunto, alguma coisa que o interessasse mais.

Mas, então, ele abaixou e pegou um punhado de areia, mexendo nela com o polegar. Ela notou seus lábios se movendo, e percebeu que ele sussurrava enquanto encarava os grãos em sua palma. Depois de um tempo, ele levantou a cabeça de volta.

"Isso é meio louco mesmo", falou ele, e Clare sentiu uma onda de alívio.

"Não é?"

Ele virou a mão e despejou de volta na praia a areia que estava segurando.

"Deve haver, tipo, milhares bem aqui. E isso só em minha mão. De uma praia. Em uma cidade. Em um estado. Em um país. Isso significa que deve haver um zilhão de estrelas." Ele jogou a cabeça para trás e observou o céu estrelado com os olhos arregalados, e então riu. "Quero dizer... uau."

"É", concordou Clare, sem conseguir segurar o sorriso enquanto olhava para ele. "Uau."

Finalmente os dois subiram nas rochas, continuando a conversar até tarde — tarde demais —, e a fogueira já havia apagado, e todo mundo já havia voltado para seus carros. Estar ali com ele fez parecer que não havia se passado nem um minuto, mas em algum momento Clare ouviu gritarem seu nome de longe, palavras dispersas na brisa gelada. Ela meio que se virou na direção do grito, mas, quando tentou levantar, logo antes de partir, Aidan se inclinou em sua direção e a beijou. A surpresa foi bastante para esquentá-la da cabeça aos pés.

Mesmo horas mais tarde — depois de Aidan tê-la acompanhado até o carro e ela finalmente ter largado sua mão, depois de contar a Stella, na carona até sua casa, o que havia acontecido, depois de entrar debaixo das cobertas e ficar deitada, olhando para o teto, revivendo a noite toda mais uma vez —, ela ainda se sentia acesa por dentro. Alguma parte oculta, que só estivera morna até então, de repente ardia.

Agora Clare sorri para ele, ainda um pouco imersa na memória.

— Foi perfeito — diz ela. — Nada jamais vai se comparar.

— Nada? — pergunta Aidan, fingindo horror. — Está me dizendo que nenhum dos milhares de outros beijos que já trocamos ao longo dos últimos dois anos foram bons? Quero dizer, se eu soubesse disso, não teria me esforçado tanto.

Ela dá um empurrãozinho de brincadeira no peito de Aidan.

— Você não estava se esforçando *tanto* assim.

— Ei, estava dando meu melhor — diz ele. — Se lembra daquela vez que nos beijamos no closet da casa de Andy? Ou daquela noite no parque? — Ele para por um instante, e seu rosto se ilumina. — Ou daquele beijo em seu porão?

— Qual...

Ele a interrompe com um sorriso no rosto.

— Você sabe qual.

— Ah! — exclama Clare, ficando um pouco vermelha. — Sei.

— Então está dizendo que nenhum desses foi melhor?

— Foram todos ótimos. Só não foram o primeiro. Os primeiros são sempre os que duram. Sabia?

Sem avisar, ele puxa o rosto de Clare para perto do seu, mas, quando seus lábios se tocam, há expectativa demais, a percepção de ambos perdida no escuro ao redor. Ele segura o rosto de Clare com uma das mãos — como fazem nos filmes —, o que é algo que Aidan jamais fizera, nenhuma vez durante todo o tempo de namoro, tornando a coisa toda meio estranha de alguma maneira, teatral e ensaiada e forçada demais.

Quando ela afasta a cabeça de forma meio abrupta, Aidan parece magoado.

— O quê?

— Nada. É só que... acho que está se esforçando muito para tornar isso especial.

— Achei que era o objetivo por trás disso tudo — diz ele, a voz resignada. — Achei que devíamos estar revivendo todos os grandes momentos.

— Estamos — assegura ela. — Mas precisamos falar sobre o futuro também.

Ele não responde, apenas se afasta um pouco e fica de frente para a água. À frente, o céu ainda está pintado de laranja bem no horizonte, enquanto nuvens mais pesadas se agrupam a suas costas, trazendo consigo o cheiro da chuva.

— Olhe — recomeça Clare finalmente, depois de alguns minutos em silêncio. — Sabe como me sinto em relação a você... — Quando ele não responde, ela pigarreia e continua, mais insistente dessa vez. — Aidan? Sabe disso, não sabe?

Ele assente, o rosto rígido.

— Mas eu só... Acho que temos uma data de validade. — A hesitação em sua voz a surpreende; não foi a primeira vez que ela disse aquilo, mas, mesmo assim, é algo que fica pairando entre os dois, ruidoso e definitivo. — E precisamos conversar sobre isso.

— Não podemos esperar mais um pouquinho?

— Não dá mais para enrolar.

— Aposto que dá — diz ele, com um leve sorriso. — Sou muito, muito bom em enrolar as coisas.

Ela sorri de volta.

— Isso é verdade.

— Que tal assim? — recomeça ele, virando-se para ela, cheio de esperança nos olhos. — Vamos fingir...

— Aidan.

— Não, escute. Vamos fingir... só por uns minutos, que vamos estar no mesmo lugar amanhã.

— Sim? — indaga ela, e ele a abraça, descansando o queixo no topo de sua cabeça, de modo Clare sente a vibração de sua voz, baixa e grave, quando ele fala.

— Sim. Do modo que vejo, vamos nos encontrar toda manhã e ir ao refeitório juntos, e vamos comer um bacon horrível e ovos frios, e colocar nossos trabalhos em dia. Então vamos caminhando até as salas, você para alguma teoria avançada de alguma coisa ou outra, e eu para introdução ao besteirol para atletas, e então, mais tarde, vamos passar um tempo juntos no campus, e eu vou tocar violão...

— Você é superdesafinado — lembra ela, e ele dá de ombros.

— É, mas só estamos fingindo, e é isso que todo mundo faz num campus.

— Ok, o que mais?

— Vamos à biblioteca juntos toda noite, e você vai estudar enquanto eu te acerto com bolinhas de papel e misturo todos os seus post-its organizados por cores.

— Eu não uso...

Ele se inclina e a olha gravemente.

— Sim, você usa. Você com certeza usa post-its organizados por cores. E marca-textos também.

Clare revira os olhos.

— Está bem.

— E vamos jantar macarrão, entrar juntos em bares onde não podemos beber, frequentar palestras chatas e assistir a um milhão de filmes nas tardes de domingo. E teremos colegas de quarto sempre ausentes então podemos dormir juntos toda noite, aconchegados naquelas pequenas camas de dormitório, e então acordar todas as manhãs exatamente assim — diz ele, apertando os braços em volta da namorada. — Enrolados um no outro.

Clare fecha os olhos.

— Por que... — começa ela, parando logo em seguida, a voz inesperadamente cheia de emoção. — Por que não simplesmente decidimos fazer isso?

— Porque concordamos que precisávamos viver nossas próprias vidas — lembra ele, meio triste. — E entendo isso. Mesmo. Mas não significa que não possamos ficar juntos.

— Sim, significa — discorda Clare, endireitando um pouco as costas, sentindo como se tivesse acabado de acordar de um sono profundo. Ela se vira para encará-lo. — Porque é esse o problema. Não estaremos de fato *juntos*. Teremos quase cinco mil quilômetros entre nós.

— Ok, mas...

Ela balança a cabeça.

— E é mais que apenas a distância. Você sabe que é. Ninguém sobrevive a esse tipo de coisa. As pessoas fingem que vai dar certo, e fazem todas essas promessas, e então se falam ao telefone toda noite, mandam mensagens entre as aulas e, talvez, consigam se ver no recesso de fim de ano ou algo assim. Mas é tudo esquisito porque tanta coisa mudou, e as pessoas não se encaixam mais na vida uma da outra. E, então, o cara bonitinho do fim do corredor aparece para dar um oi, e, mesmo sendo apenas um amigo, você fica com ciúmes e começamos a brigar; você vai embora, e deixo um milhão de mensagens em sua caixa postal, te mando mil e-mails, mas você ainda está irritado, então vai ficar com alguma garota aleatória, e, de alguma maneira, fico sabendo, porque, vamos ser sinceros, você sempre fica sabendo desse tipo de coisa de algum jeito, e, então, fico furiosa, porque eu e o cara bonitinho éramos amigos, mas o que você fez foi imperdoável, e, então, acabou, simplesmente assim, mas aí temos de nos ver no feriado de Ação de Graças, em alguma festa ou no boliche, ou até mesmo na casa de Scotty, e você acaba ficando quieto no canto, parecendo todo angustiado, e eu fico presa cochichando com Stella no outro canto, e, pior ainda, tem todas essas coisas entre nós, ciúme e ressentimento e amargura, e é horrível, porque não costumava haver nada entre nós, não de um jeito ruim, e sim do melhor jeito, porque nunca tivemos espaço para esse tipo de coisa, mas agora está ali, e não há como voltar atrás, e a coisa toda acaba sendo triste e desconfortável e inevitável e totalmente, horrivelmente, completamente devastadora. E quem quer isso?

Aidan fita Clare por um bom tempo.

— Eu não — diz ele, finalmente, parecendo um pouco assustado.

— Pois é — responde Clare, satisfeita.

— Então... por que você não simplesmente evita o cara bonitinho no começo?

— Não é essa a questão — responde Clare, apesar de saber que ele só a está provocando. — Você não prefere terminar as coisas agora, nos próprios termos, para que pelo menos possamos ser amigos?

— Não quero ser seu amigo.

— É só o que seríamos de qualquer maneira, vivendo tão longe.

Ele balança a cabeça.

— É isso que você acha?

— Acho que sim.

— Meu Deus, Clare! — exclama Aidan, o rosto ficando sério. — Odeio como tudo precisa ser sempre tão preto no branco com você. Só porque não teríamos oportunidade de... Quero dizer, não é como se fôssemos ser só amigos virtuais ou coisa assim.

— Eu sei, mas...

— Esse tipo de relacionamento não surge muitas vezes — argumenta ele, os olhos brilhando. — E você quer simplesmente jogar tudo fora porque pode ficar difícil demais. Ou porque quer estar livre para conhecer alguém.

— Não é isso — protesta ela, tentando não deixar a frustração transparecer no tom de voz. — É só que... somos tão jovens. Não é *tão* louco assim achar que podemos não terminar a vida com a pessoa que namoramos no colégio.

Aidan a observa acidamente.

— Não somos seus pais — diz ele, apanhando uma pedrinha e atirando-a na água, onde ela desaparece em meio às ondas cinzentas. — Isso não é a mesma coisa.

Tanto a mãe quanto o pai de Clare foram casados antes, cada um com seu namoradinho de escola. Só depois que ambos casamentos ruíram, depois de os dois terem se divorciado, tiveram sorte o bastante para encontrar um ao outro.

Clare parece achar que deve haver algum tipo de lição ali.

— Você não tem como saber disso — rebate ela, franzindo o cenho.

— Tenho sim, na verdade — afirma Aidan, jogando mais uma pedra no lago, dessa vez com mais força. — Porque eles são apenas um exemplo. Existem milhões de outros casais que se conheceram na escola e que provavelmente ainda são superfelizes juntos. Você apenas se recusa a enxergar isso porque já se decidiu.

Clare o olha magoada.

— Isso não é justo.

— Não é? — pergunta Aidan, sem a encarar. — É como da vez que seus pais nos pediram para levar aquela mesa até o porão. Nós dois estávamos segurando, e estava dando tudo certo. E então você soltou seu lado, e a coisa virou uma bagunça enorme, com o reboco e a porta quebrada e meu ombro...

— Já entendi — interrompe Clare. — Você acha que estou desistindo de nós. Mas não estou. Só estou tentando evitar problemas futuros.

— Bem, talvez eu não queira que você os evite — diz ele, finalmente olhando para ela. — Talvez eu acredite o suficiente por nós dois.

— Não pode fazer isso funcionar na base do desejo — argumenta ela, sentindo-se miserável só de falar aquilo. Ela pode ver a raiva deixando Aidan, o olhar ficando distante, e sua vontade é retirar tudo o que disse, falar algo tranquilizador, dar a ele um pouco de esperança. Mas é tarde demais. Não seria justo com nenhum dos dois. Em vez disso, ela tenta pegar sua mão, mas Aidan a afasta, e Clare suspira. — Sinto muito, mas acreditar não é o bastante.

Aidan fica encarando a água, a testa enrugada.

— Como pode saber se não quer nem tentar?

— Simplesmente sei — responde Clare, baixinho. — Apenas tenho essa sensação.

— Bem, e eu também.

Clare espera ele continuar, mas Aidan não o faz. Ele solta um demorado suspiro, passando uma das mãos pela cabeça, onde os cabelos costumavam se arrepiar de um jeito que Clare sempre achou estranhamente charmoso, e o coração da garota se transforma até mesmo com essa mudança tão sutil: aquele novo corte de cabelo para a faculdade. É difícil não pensar em quantas mudanças mais estão por vir.

— Acho que eu gostava mais quando estávamos evitando conversar sobre isso — confessa ele, por fim, e Clare concorda com a cabeça.

— Eu também — admite ela. — Mas precisamos dar um jeito. O tempo está passando.

— Do jeito que você fala, parece que é uma bomba. Faz *a gente* parecer uma bomba.

— Talvez a gente seja.

Não há nada que nenhum dos dois possa dizer depois daquilo; eles nem se dão o trabalho de tentar. Em vez disso, Clare e Aidan ficam olhando para o horizonte, os últimos traços cor-de-rosa e as primeiras estrelas visíveis e o robô se afogando, para sempre destinado a boiar sem rumo na água escura. Clare leva os joelhos até o peito, tremendo um pouco, apesar de não estar com frio.

Depois de um tempo, Aidan se inclina e pega mais uma pedra.

— Seu suvenir — explica ele, baixinho, entregando-a a Clare.

— Minha coleção vai ficar bem pesada — diz ela, guardando-a na bolsa.

— Eu te ajudo a carregar.

— Você não vai estar lá — responde ela, piscando rapidamente, se esforçando para não chorar.

— Por enquanto vou sim — assegura ele, colocando a mão dentro da bolsa de Clare, tirando dali as duas pedras e erguendo suas sobrancelhas ao sentir o pote de parmesão. Quando ele o levanta, alguns dos flocos de queijo flutuam com a brisa; por um segundo quase parecem neve.

— Ok — admite ela. — Por enquanto.

— Por enquanto — repete Aidan, como se tentasse se acostumar à sonoridade daquilo. Ele se inclina para beijá-la novamente, e, dessa vez, não há nada de exibido no gesto; dessa vez é perfeito: triste e doce e dolorosamente familiar.

— Muito melhor — elogia Clare, segurando as mãos de Aidan.

PARADA # 4

A casa dos Gallagher
20h40

Eles estão quase de volta ao carro quando Aidan para e tira o celular do bolso de trás da calça. Ele continua parado por um instante no estacionamento, o rosto iluminado pelo azulado da tela acesa, antes de levantar a cabeça e olhar para Clare, suspirando.

— Suponho que minha casa não esteja na lista, certo?

— Não depois que a gente se encontrou — responde ela, chegando ao carro. — Mas definitivamente podemos parar lá de novo. Eu provavelmente devia me despedir mesmo de seus pais. Por quê?

— Riley precisa de uma carona até o boliche — explica ele, apoiando-se no porta-malas. Tem um adesivo da Harvard ali, descolando em um dos cantos, e ele rasga um pedaço com o calcanhar do tênis.

— Não tem problema — diz Clare. — O boliche estava na lista, de qualquer maneira.

— Agora?

— Não, mas podemos trocar a ordem. Quero dizer, não importa *realmente*, importa?

Ele sorri.

— Olhe só para você, sendo tão flexível.

— Essa sou eu — brinca ela, se abaixando para sacudir o resto de areia das pernas, abrindo em seguida a porta do carona. — Me adaptando às circunstâncias. Venha o que vier. Tranquila.

— Ah tá — diz Aidan, sorrindo para ela. — Supertranquila.

Quando eles dobram na rua de Aidan, já está totalmente escuro e, como sempre, o quarteirão inteiro já está aceso, as janelas brilhando. Ao parar na entrada da garagem, eles ficam sentados dentro do carro por um tempo, o motor ainda ligado, e então Aidan se vira para Clare com um sorriso triste.

— Vamos fazer isso rápido, ok?

— Oi e tchau — concorda ela.

— Isso aí. Oi e tchau. Rápido e indolor.

Quando eles andam pelo caminho de pedrinhas que leva à porta lateral da casa, Clare se lembra da primeira vez que esteve ali. Foi logo antes do Natal, e ela achara que a enorme cruz dourada e o elaborado presépio sobre a mesa de entrada eram decorações sazonais. Estava errada. Aquilo ficava ali o ano todo, ao lado de uma impressionante coleção de orações bordadas em molduras delicadas e almofadas com trevos e bênçãos irlandesas.

"Que a estrada se eleve para encontrar contigo...", sussurrou ela lendo uma das orações naquela primeira visita, parada na entrada com Aidan, o aroma do assado da Sra. Gallagher flutuando cozinha afora.

"E que o vento esteja sempre a seu favor", completara ele, parando a seu lado. "Exceto quando minha mãe está cozinhando, e, nesse caso, você precisará torcer que o vento sopre para um lugar completamente diferente."

Eles estavam juntos fazia pouco mais de um mês àquela altura, e Clare fora pega de surpresa pelo clima do lugar, tão cheio e tão íntimo, e tão diferente de Aidan, que era desastrado e barulhento, grande demais para uma casa tão amontoada.

Já na época ele parecia pronto para se libertar.

Agora, conforme eles se aproximam da porta, escutam vozes. Clare olha para Aidan, mas é impossível decifrar o que se passa na cabeça do namorado. Acima, um grupo de bichinhos de luz faz barulho batendo na lâmpada acesa, e um carro cruza a silenciosa rua, algumas pessoas gritando da janela.

— Se não tivesse pressionado tanto... — diz a mãe de Aidan de dentro da casa, a voz subindo de um jeito que Clare nunca escutara antes. Há um ruído de alguma coisa de metal sendo posta na mesa com força, e, em seguida, de passos atravessando a cozinha, que fica bem do outro lado da porta.

— E você não se importa por ele ter mentido? — grita o pai de volta. Clare olha alarmada para Aidan, mas os olhos do namorado estão fixos no capacho a seus pés, as palavras CEAD MILE FAILTE estampadas: CEM MIL BOAS-VINDAS em gaélico.

Geralmente, aquele é o clima ali. Os pais de Aidan podem até ser meio agitados, mas geralmente também são simpáticos e educados. Têm grandes expectativas para seus filhos, e as regras na casa são bem mais rígidas que na de

Clare (cujos pais confiam tanto na filha que ela às vezes fica aliviada por não ter irmãos e correr o risco de a criança não nascer tão responsável). Mas os Gallagher sempre foram mais que receptivos, oferecendo bebidas e lanchinhos, abrindo espaço na mesa, perguntando sobre as aulas sempre que Clare aparecia — o que não acontecia muito, considerando que Aidan geralmente insistia em ir à casa da namorada.

"Seus pais tocam música e fazem tacos e contam piadas e veem outros programas além do noticiário", explicou Aidan, quando Clare perguntou por que eles não iam com mais frequência à casa do garoto. Eles já estavam namorando fazia seis meses — o que parecia uma vida para Clare —, mas ainda assim ela só havia visitado a casa de Aidan um punhado de vezes. "Além disso, seus pais gostam de verdade de você. E de mim."

"Seus pais gostam de você", argumentou Clare, incomodada, mas Aidan apenas balançou a cabeça.

"Sabe o que meu pai faz? Ele negocia futuros na bolsa."

"Não sei nem o que isso significa."

"É uma coisa de compra e venda de ações. Eu também não sei. Mas é meio irônico, não é? Ele só se importa com meu futuro. Não se importa com quem eu sou agora. Tudo que ele quer para minha vida é Harvard e uma pós-graduação e um bom emprego de terno e gravata."

"Talvez isso só signifique que ele se importa o suficiente para..."

"Não", interrompeu Aidan. "Só significa que ele está acostumado a apostar alto. Mas ele não entende que sou uma aposta ruim."

"Você não sabe..."

"Sim, eu sei. Confie em mim, eu sei. Não quero nenhuma dessas coisas. Queria que ele percebesse que já sou uma causa perdida e focasse em Riley. Ela de fato *quer* ir para Harvard. Isso basicamente faz com que ela se torne a favorita na casa dos Gallagher."

"Qual é. Você sabe que ele ama os dois."

"Não tenho muita certeza. Ele definitivamente gosta da ideia de quem sou. E gosta de meu potencial. Mas não acho que goste tanto assim de *mim*."

Clare não sabia como responder àquilo.

"E sua mãe?"

"Bem, ela trabalha em um antiquário. Então, se continuarmos com toda essa analogia de futuros, isso provavelmente significa que ela gostava mais de mim quando eu era pequeno."

"Você provavelmente também dava muito menos trabalho na época."

Ele abriu um sorriso para ela.

"Sempre dei trabalho, baby."

Clare não conseguiu segurar a risada.

"Acho que eu preferia passar mais tempo aqui com o atual e presente *você*."

Agora, parados e escutando atrás da porta, Clare relê as palavras no capacho mais uma vez, sentindo que devem estar faltando pelo menos algumas dezenas de milhares de boas-vindas no momento.

— Não é essa a questão — diz a Sra. Gallagher de dentro da casa, e, para surpresa de Clare, o Sr. Gallagher ruge de volta:

— É *claro* que é essa questão!

Aidan se afasta um pouco da porta, erguendo o olhar para encontrar o de Clare.

— Ainda se sentindo tranquila? — pergunta ele, com um sorriso, e, antes que ela possa indagar sobre o que os pais dele estão falando, antes que consiga entender o que está acontecendo, ele gira a maçaneta e abre a porta.

Assim que o faz, seus pais se calam abruptamente, girando para olhar o casal. O Sr. Gallagher — uma versão ainda mais alta que o filho — está com o rosto vermelho, os punhos cerrados. A seu lado, a Sra. Gallagher — pequena e magra e sardenta como os filhos — os observa com olhos marejados.

— Oi, Clare — cumprimenta ela, meio sem fôlego. — Que bom vê-la, querida.

— Oi — diz Clare, vasculhando a mente para responder. — Nós só... — Ela hesita, esperando que Aidan complete a frase, mas ele apenas fica parado ali, a seu lado, a cabeça abaixada, as mãos nos bolsos da calça. Ninguém diz nada, e Clare olha ao redor para cada um, completamente perdida.

— Aidan — diz o Sr. Gallagher finalmente, esfregando a testa. — Acho que precisamos de uns minutinhos.

Clare está tão ocupada tentando entender o que está acontecendo — a misteriosa energia raivosa no cômodo e a sensação de todo mundo saber de algo que ela desconhece — que alguns segundos se passam até ela registrar as palavras. Quando acontece, ela olha para Aidan, que assente sem encará-la, e, em seguida, levanta a mão acenando desconfortavelmente para os pais.

— Claro, sim — concorda Clare, avidamente. — Vou subir e avisar a Riley que chegamos.

Sem olhar para trás, ela atravessa a porta da cozinha apressadamente e vai para o corredor, onde para por um minuto, tentada a xeretar. Mas as vozes no cômodo ao lado estão baixas e difíceis de entender, e há uma pintura de São Patrício a encarando com expressão reprovadora, então ela se vira e sobe as escadas de dois em dois degraus.

No alto, Clare para na porta do quarto de Aidan por hábito, observando o ambiente familiar: as montanhas de roupas sujas e a cama desfeita, as pilhas de livros e a coleção de tacos de lacrosse apoiados como vassouras num canto. Uma camiseta do Chicago Cubs está torcida no chão perto dos pés de Clare, e ela se abaixa para apanhá-la, mergulhando o rosto no tecido, memorizando o cheiro do namorado, já sentindo saudades, apesar de Aidan estar no andar debaixo. Ela pensa em levá-la consigo, mais um suvenir para sua coleção, mas sabe que é uma das preferidas dele, então, em vez disso, ela a dobra e a coloca gentilmente na beirada da cama, continuando a descer o corredor até o quarto de Riley.

— Entre! — grita Riley, assim que ela bate à porta. Clare coloca a cabeça para dentro do cômodo e encontra a menina esparramada na cama, com um exemplar bem gasto do sexto livro da série Harry Potter. Riley tem os mesmos cabelos avermelhados do irmão, porém mais compridos, mais compridos até mesmo que os de Clare, e seus óculos de aros vermelhos fazem seu rosto parecer bem magro. Ela só está dois anos atrás de Clare na escola, mas é tão pequena e esguia que parece muito mais nova. — Oi. Desculpe, não me toquei que vocês estariam aqui tão rápido. — Ela pega uma bolsa de camurça do chão e começa a atirar coisas ali dentro. — Vou estar pronta em um minuto, juro.

— Tudo bem — diz Clare, fechando a porta atrás de si. — Na verdade, acho que temos tempo.

Riley para o que está fazendo e levanta a cabeça.

— Ah — diz ela, o rosto ficando sério. — É. Acho que provavelmente temos, né? — Ela se senta.

Clare também senta na beirada da cama, coberta com um velho cobertor roxo.

— Sabe o que está rolando? Eles parecem bem irritados. Não pode ser por causa da faculdade na Califórnia ainda, pode?

— Mais ou menos — responde Riley, mudando de ideia logo em seguida e balançando a cabeça. — Bem, na verdade não. Não mesmo. Isso é... é por causa de Harvard.

Clare franze o cenho para ela, surpresa. Toda a história de Harvard — que um dia fora uma constante fonte de debates na casa dos Gallagher — parecia ter morrido após a rejeição de Aidan. Logo depois de ter dado a notícia ao pai — que ficara dias mudo de tanta surpresa e inquietação —, Aidan foi aceito na Universidade da Califórnia em Los Angeles e algumas outras faculdades da Costa Oeste. E então, aparentemente, não havia mais nada a discutir.

"Ele deve ter ficado pelo menos um pouco feliz por você, não?", perguntou Clare a Aidan na época. Os próprios pais — seus maiores fãs, apoiando-a num nível que, às vezes, beirava o claustrofóbico — teriam a encorajado até se Clare tivesse intenção de largar a escola sem se formar. Então, às vezes, era difícil para ela entender o Sr. Gallagher, com suas altíssimas expectativas para o filho, que tinha — apesar de rejeitado por Harvard — sido aceito em outras três ótimas universidades. E ainda assim ele parecia incapaz de demonstrar o nível adequado de entusiasmo. "A UCLA é uma faculdade tão boa. E o time de lacrosse..."

"Ele não liga para lacrosse", interrompeu Aidan, olhando-a com impaciência, apesar de nada conseguir esconder a expressão de alegria em seu rosto sempre que tocavam no assunto Califórnia. Ele praticamente dava pulinhos só de pensar no lugar, e havia certo ar — um alívio crescente — que Clare não conseguia não achar engraçadinho. Todos aqueles anos de expectativas quanto a Harvard eliminados num instante, substituídos por uma sensação de liberdade tão grande que parecia preencher cada centímetro de Aidan.

"Além do mais, eles ainda estão superarrasados por causa de Harvard para notar qualquer outra coisa. Mas agora acabou. Ou ele supera ou não."

"Ele vai", insistiu Clare. "Ele vai superar."

Mas Aidan apenas deu de ombros.

"Ou não."

Agora Riley está inclinada para a frente, os olhos arregalados como os de uma coruja por trás dos óculos, que ela ajeita no nariz com apenas um dedo.

— A questão é que — começa ela, sussurrando — ele nem sequer tentou entrar.

Clare a encara, genuinamente chocada.

— *O quê?*

— Pois é — diz Riley, ao mesmo tempo horrorizada pela informação e animada por revelá-la. — Papai andou chateado todo o verão, mas ultimamente pareceu meio que estranhamente obcecado por Harvard de novo. Talvez porque Aidan esteja prestes a ir embora, e ver meu irmão arrumar as coisas para outra faculdade não seja fácil. Papai estava tentando superar, de verdade, mas, na outra noite, ele quis ver a carta de rejeição, acho que só para se convencer de que o assunto estava encerrado, talvez, ou sei lá por quê. Nenhum de nós havia visto carta...

— Nem eu — admite Clare. Eles só tinham mostrado um ao outro as cartas de aceitação, porque a ideia de entregar a outra pessoa uma pilha de fracassos, mesmo que fosse para Aidan, era demais para Clare. Ela enfiara as suas no lixo minutos depois de recebê-las, enterrando todos os *lamentamos* e *agradecemos pela tentativa* embaixo dos grãos de café e cascas de banana, como se de alguma forma fosse suficiente para apagá-los da história. Havia muitas outras cartas sobre as quais comemorar. Então foi isso que eles fizeram.

— Bem, ele falou que havia jogado a carta fora, mas estava agindo meio que esquisito sobre o assunto, então acho que papai finalmente resolveu ligar para o escritório de admissões hoje...

— Por quê?

Riley deu de ombros.

— Não sei. Provavelmente para descascar. Mas acontece que eles não têm nenhum registro da candidatura.

— Não acredito que ele faria isso — diz Clare, ainda vacilando. Mas tem alguma outra coisa misturada à surpresa, algo sombrio e inquietante que ela não consegue identificar até Riley verbalizar.

— Então ele realmente nunca te contou?

Clare balança a cabeça.

— Achei que ele te contava tudo.

— Aparentemente, não — rebate Clare, a voz rígida.

— Bem, de qualquer forma — continua Riley, girando uma caneta entre os dedos —, papai está furioso agora. Como provavelmente deve imaginar.

Clare assente, mas sua mente está em outro lugar. Ela não consegue acreditar que Aidan não teria contado algo assim a ela. Eles contam tudo um ao outro. Não apenas as coisas mais importantes, mas as pequenas coisas — como quando Clare resolveu trocar a marca da pasta de dente; quando Aidan achou uma moeda em seu sapato; sempre que Clare sonhava com palhaços; ou quando Aidan se lembrava de passar fio dental. Não importa o que fosse, bom ou mau, incrivelmente importante ou completamente insignificante: a recompensa por fazer basicamente qualquer coisa, sobreviver ou conquistar ou simplesmente atravessar algo era contar a Aidan mais tarde.

Ela sempre achou que ele pensasse da mesma forma.

Mas agora não tinha mais tanta certeza.

Do andar debaixo, as duas escutam uma porta batendo e, em seguida, vozes abafadas. Riley olha para o relógio em formato de xícara de chá em cima da escrivaninha.

— Falei para minhas amigas que eu já estaria lá a essa hora. Será que isso ainda vai demorar muito?

— Talvez devêssemos tentar resgatá-lo — sugere Clare, com mais convicção do que realmente sente, e Riley lança um olhar cauteloso para a porta do quarto antes de se levantar, concordando com a cabeça.

Elas descem as escadas silenciosamente, os passos abafados pelo felpudo carpete cinza, e então atravessam a sala de jantar na ponta dos pés, onde as vozes da cozinha se tornam mais nítidas.

— Só estamos decepcionados — diz a Sra. Gallagher, apaziguadora. — Pode entender isso...

— Vocês teriam ficado decepcionados de qualquer jeito — argumenta Aidan, com um tom duro na voz. — Mesmo se eu tivesse entrado, não é como se eu fosse cursar Harvard. É o que *vocês* queriam, não eu. Eu só estava tentando nos poupar das inevitáveis brigas sobre o assunto.

Há uma curta pausa, e então o Sr. Gallagher pigarreia.

— Sobre isso, tudo bem — diz ele, apesar de, pelo tom de sua voz, não parecer haver nada bem ali. — Mas a maneira como você fez isso, às escondidas, do jeito mais covarde possível...

— Era o único jeito — insiste Aidan, mas o pai o interrompe.

— Você se acha um homem tão adulto, indo para a faculdade, mas você não é, ainda não. Um homem de verdade não teria mentido. Um homem de verdade não teria escolhido a saída mais fácil. — Ele para, suspirando demoradamente. — Mas tomou sua decisão. Não há nada que possa ser feito agora. Foi sua escolha, e agora é você que precisa viver com ela.

Ao lado de Clare, Riley muda o peso do pé, e uma tábua do piso range. Antes que elas possam fazer qualquer coisa, a porta se abre e as duas se veem frente a frente com a Sra. Gallagher.

— Desculpe — diz Riley rapidamente. — É só que Aidan prometeu me levar...

— Acho que ainda não... — começa a mãe, mas o pai a interrompe também.

— Tudo bem — concede ele, e há algo doloroso e definitivo em sua voz quando o Sr. Gallagher se volta para Aidan, que o encara com a expressão teimosa já conhecida de Clare, queixo tenso, olhos ardendo. — Já terminamos aqui.

Mas Aidan não se mexe. Ninguém se mexe.

— Vamos esperar lá fora — avisa Riley depois de um tempo, dando meia-volta, e Clare a segue pela sala de jantar e pela porta da frente, de onde elas saem para o ar frio da noite, aliviadas por estarem fora da casa.

Clare se senta nos degraus, levando os joelhos até o peito. Está quase totalmente escuro agora, e o jardim parece pulsar com o barulho dos grilos, a vizinhança silenciosa ao redor. Riley se senta do lado dela e adota uma pose parecida.

— Ele é um idiota — diz Riley, depois de um ou dois minutos. — Mas eu meio que entendo.

Clare olha para ela.

— É?

— Não é que ele seja um covarde. Ele é só realista, sabe?

— Eu sei — concorda Clare, porque é mesmo verdade. Aidan tem um coração otimista, mas toma cuidado com aquilo. Ele jamais gastaria tempo ou energia perseguindo alguma coisa que não lhe interessa. É prático demais para tanto, econômico demais em relação aos sonhos e esperanças. Se ele fosse tentar alguma coisa, seria por um dos dois motivos: ou ele tinha certeza de que conseguiria, ou porque tinha certeza de que valeria a pena.

— Mas, ainda assim, ele é um idiota — insiste Riley, sorrindo timidamente. — Porque, se ele fosse para Harvard, ficaria mais perto de você.

Clare fecha os olhos. Há muito tempo ela não se permitia pensar exatamente aquilo: os dois indo e voltando entre Harvard e Dartmouth, uma simples viagem de duas horas de carro, esquiando em Vermont nos fins de semana, colhendo maçãs em New Hampshire, frequentando museus em Boston ou vendo os barcos cruzarem o rio Charles.

Ela sabe que essa pessoa que tenta com afinco não conjurar — a pessoa com um casaco grosso e pesadas botas de neve, agasalhada, rosto corado durante aqueles invernos loucos de New England — não é Aidan. Não é quem ele é nem o que quer ser. Mas ainda dói saber que sequer foi uma possibilidade, e sentada ali, ao cair da noite no subúrbio escuro, Clare só consegue sentir que a distância entre os dois adensa, iminente, como se já tivessem se afastado.

— Vou sentir falta de Aidan — confessa Clare, com uma tristeza que assusta a ambas. Ela dá de ombros, e Riley assente.

— Eu sei. Eu também.

Clare bate com seu ombro gentilmente no dela.

— E vou sentir sua falta também.

— Vai? — O rosto de Riley se acende todo.

— Vou. É bom manter contato.

— Eu vou — promete ela. — Eu juro. Mesmo se você e Aidan terminarem.

Clare se encolhe com aquelas palavras. Essa é a verdadeira questão da noite, é claro: o inevitável fim. Mas, ainda assim, ela sente um pequeno choque ao ouvir aquilo em voz alta.

Atrás delas, a porta se abre, lançando uma fresta de luz nos degraus, e Aidan sai. As duas viram a cabeça para ele, e o garoto fica parado ali por um bom tempo, com o olhar distante e vazio, esfregando as palmas das mãos, apesar de não estar tanto frio.

Finalmente, ele abaixa a cabeça e as encara com um sorriso esforçado demais.

— Isso que é rápido e indolor, hein? — comenta Aidan, parecendo encabulado. — Nova regra da noite: nada de paradas não programadas.

Clare assente.

— Combinado.

O rosto de Aidan se suaviza quando seus olhares se encontram, mas suas próximas palavras estalam como bombinhas no escuro:

— Oi e tchau — diz ele, e Clare precisa engolir o nó em sua garganta antes de conseguir responder.

— Oi e tchau.

PARADA #5

O boliche
21h17

Assim que Aidan estaciona em uma das muitas vagas na frente do Incredibowl — onde a única coisa realmente incrível é só como o lugar é totalmente antiquado —, Riley sai correndo do carro, agradecendo apressadamente antes de deixar a porta bater em seu encalço.

— Acho que ela está atrasada para encontrar as amigas — explica Clare, observando-a trotar pela neblina, apesar de suspeitar que, na verdade, Riley só estivesse louca para escapar do pesado silêncio no carro, algo que Clare meio que deseja fazer também.

Em vez disso, ela continua sentada ali, ao lado de Aidan, observando o prédio baixo, coberto por luzes de neon; os dois gigantes pinos de boliche, sua tinta descascada, flanqueiam a entrada, montando guarda, como dois cansados soldados.

Aidan não disse mais uma palavra desde que eles saíram de casa, e Clare acha que deve ser o máximo de tempo que ela já o viu ficar em silêncio. Ele não é como tantos outros caras de sua turma, calados e mal-humorados e introspectivos; se existe uma coisa que Aidan Gallagher sabe fazer é *falar*. Ele tem talento para manter uma conversa por horas, e jamais se viu diante de um silêncio desconfortável que não conseguisse quebrar com comentários fúteis. Quando estão juntos, não importa se Clare é capaz de acompanhar. Muitas vezes nem importa se ela está ouvindo. Aidan tem um hábito de responder às próprias perguntas, uma espécie de jogo distraído de perguntas e respostas que não requer parceiro.

"Já notou como as garotas sempre dobram as meias e os caras sempre as enrolam?", comentou ele na véspera, enquanto observava Clare fazendo as malas. "É interessante, não é? Qual será a forma mais eficiente? Acha que alguém já fez um estudo sobre esse tipo de coisa? Talvez devêssemos fazer um experimento agora mesmo. Talvez a gente ganhe um prêmio por nosso trabalho no campo das técnicas de arrumar malas com eficiência..."

"Aidan", interrompeu Clare, olhando distraidamente para ele, "pode *por favor* ficar quieto?"

"Sem chance", respondeu ele, bem-humorado; começando em seguida a esvaziar o conteúdo da gaveta de meias. Enquanto Clare arrumava o resto de suas coisas, ele cuidadosamente enrolava ou dobrava cada par com uma expressão de intensa concentração, comentando sobre as cores enquanto fazia aquilo.

Aidan é simplesmente assim: naturalmente falante, inconscientemente tagarela, um alegre brincalhão. Apesar de Clare provocá-lo por isso, sempre fora algo reconfortante, como estar equipada com um paraquedas para qualquer tipo de situação social potencialmente embaraçosa. Simplesmente não sobra espaço para longas pausas quando ele está por perto, e Clare — sintonizada com o time dos quietos — sempre foi grata por aquilo.

Mas agora, depois de uma viagem de quinze minutos completamente silenciosa até o boliche, ela começa a temer pela noite — que devia ser para conversar e discutir, dialogar e debater.

No silêncio do carro, ela brinca com um dos anéis, tirando-o do dedo e recolocando-o em seguida, esperando que ele faça algo primeiro: dizer alguma coisa ou sair do carro ou voltar a dirigir. Mas, conforme mais minutos se passam entre os dois sem uma solução à vista, ela finalmente o encara.

— Aidan — começa, e ele não reage. Seu rosto parece pálido à luz do poste ali perto, e sua testa está franzida. — Você devia ter me contado...

Quando mesmo assim ele não responde, Clare se pergunta se ele acreditava realmente que eles não conversariam sobre aquilo, se o plano era simplesmente enrolar o assunto como um par de meias e escondê-lo em uma gaveta.

— Eu teria entendido — continua ela, insistindo, e ele descansa a cabeça no banco do carro, os olhos fixos do teto escuro.

— Como entende agora? — desafia ele, o tom de voz tão seco que nem parece Aidan.

Eles não costumam brigar, e, nas vezes que o fizeram, sempre havia um quê de brincadeira: mais como discussões que embates de fato. Uma vez os dois fizeram um pacto para sempre diferenciar "Dramas Bobos de Escola" de "Grandes Questões da Vida", jurando que só discutiriam por algo sério, algo que realmente importasse. Mas agora que estão ali, agora que o palco está maior e a discussão se abriu e eles não parecem encontrar um jeito de ignorá-la, Clare se pergunta se talvez ainda não estejam preparados para as Grandes Questões da Vida, afinal. Talvez jamais tenham estado.

— Isso não é justo — diz ela, num tom de voz que parece equilibrado até demais. — Ainda nem conversamos sobre o assunto.

— É, mas eu te conheço, Clare Rafferty — ataca ele, ainda sem olhar para ela. — Sei que gosta das coisas de um determinado jeito. Você adoraria ser a garota de Dartmouth com o namorado de Harvard.

— Isso não é...

Ele balança a cabeça.

— Sei que sua reação à UCLA foi ótima. Realmente foi. Mas, se Harvard tivesse sido uma opção, uma verdadeira e possível opção, eu honestamente não sei se você teria ficado a meu lado.

Clare o encara, mordida com aquilo.

— É *claro* que teria — garante ela, mesmo que uma parte sua não tenha tanta certeza disso. O fato de que ele nem sequer tentou, para não mencionar ter escondido dela, parece uma espécie de rejeição.

Mas... e se ele *tivesse* sido aceito? Se existisse uma chance de os dois continuarem perto no próximo ano — se ele tivesse escolhido Harvard, escolhido a costa leste, escolhido *Clare*, só que não... —, não seria possível ela se sentir diferente?

No último outono, quando Aidan estava constantemente reclamando de Harvard, Clare fez um trato com ele.

"Se parar de choramingar e reclamar sobre ser obrigado a tentar a melhor instituição acadêmica do país, também vou me inscrever para entrar numa faculdade que não quero."

Aquilo se transformou num jogo, com os dois debruçados sobre livros enormes cheios de aparentemente intermináveis rankings e listas on-line. As primeiras sugestões de Aidan foram piadas, lugares muito próximos (a faculdade comunitária que Scotty frequentaria) ou longe demais (universidades em Moscou ou Tóquio ou Pequim), técnicas demais (MIT), ou não técnicas o suficiente (uma faculdade de "sabedoria viva" onde você podia inclusive se formar em ioga).

Mas, quando Clare vetou todas aquelas, Aidan começou a falar sério:

"Todas as suas outras opções são na costa leste", observou ele. "Então talvez devêssemos encontrar alguma na oeste para equilibrar."

"Gosto da ideia", disse ela. "Assim vamos estar meio que espelhando um ao outro, considerando que você só vai tentar as da costa oeste, com exceção de Harvard."

Depois daquilo foi fácil. Encontrar a equivalente de Harvard na costa oeste podia significar apenas uma coisa: Stanford. E assim ela se inscreveu.

Quando sua carta de rejeição chegou, Clare não se importou. Ela jamais tinha esperado entrar, nem considerado seriamente estudar ali, mas ficou surpresa em ver uma pontada de decepção nos olhos de Aidan quando contou a ele.

"Bem, lá se vão nossas esperanças."

Clare franziu a testa.

"Stanford não era esperança minha. Nem de longe."

"É, mas era minha."

"Você se inscreveu?", perguntou ela, encarando-o, e ele balançou a cabeça.

"É só que havia algo legal em saber que estaríamos do mesmo lado do país", explicou ele. "Meio que como uma rede de segurança... você sabe, para nós."

"Bem, ainda existe chance com Harvard", disse ela, esperando que aquilo o animasse um pouco, mas, em vez disso, algo pareceu apagar em seu olhar, e Aidan apenas deu de ombros.

"Vamos ver."

Clare não se importa por ele não ter nem tentado. De verdade. Ela sabe que a melhor e a pior qualidade de Aidan são uma só: querer deixar todos felizes. Está sempre se virando do avesso, dando cambalhotas e saltos mortais, e fazendo malabarismos para jamais ofender ninguém. Então ela entende sua lógica. Se ele tivesse tentado e entrado em Harvard, não existiria como ter escolhido outra escola sem aquilo resultar em um enorme rompimento com o pai. Mas, se ele desse um jeito, certificando-se de que estudar ali não seria sequer uma possibilidade, haveria uma chance de escapar, sem arranhões, da armadilha preparada desde seu nascimento.

Só que nada daquilo deu certo.

E pior: ele não compartilhou nada com Clare.

É isso que a magoa: ele não ter lhe contado, não ter confiado nela o bastante para acreditar que ela o apoiaria. Depois de quase dois anos juntos — dois anos inteiros sendo a pessoa mais importante na vida um do outro —, aquilo era um golpe.

— Aidan — diz ela, seus olhos voltados para o perfil do namorado na luz fraca do carro —, estou *sempre* a seu lado. Mas você não pode me colocar na mesma categoria que seus pais. Não pode mentir para mim só porque tem medo de como eu possa reagir.

— Eu não menti.

Ela o encara, séria.

— Está mentindo agora mesmo.

— Eu não... — recomeça ele, parando e soltando um suspiro demorado. — Eu não *quis* mentir. Pelo menos não para você.

— Então por que mentiu? — insiste Clare, sentindo sua garganta apertar um pouco. — Eu teria entendido.

— Talvez — responde ele, sem paciência. — É fácil dizer isso agora.

— Mesmo assim.

Ele dá de ombros.

— Acho que me senti mal pela história de Stanford.

— Sim, mas aquilo nunca foi sério — relembra Clare, inclinando o corpo para a frente. — E eu sabia que Harvard também não era.

— Sabia?

— Sim — responde ela, com firmeza, hesitando em seguida, porque sabe que a única maneira de os dois resolverem aquilo é sendo honesta também. — Quero dizer, talvez houvesse uma pontinha de...

Ele nem a espera terminar e diz:

— Viu?

— Mas não é essa a questão — rebate ela, tentando controlar a frustração. — Se você tivesse me contado que não mandaria os formulários, eu teria entendido. Eu o teria apoiado de um jeito ou de outro.

— É, mas...

— Aidan — interrompe ela —, você devia simplesmente ter sido honesto comigo.

Ele passa o dedo pelo volante do carro, se debruça sobre ele e descansa a cabeça.

— Por que ainda estamos falando sobre isso? Nem importa mais. Teríamos vindo parar aqui de qualquer jeito.

— Sim, mas devíamos resolver as coisas juntos. Depois de todo esse tempo, você devia ter tido mais fé em mim.

— Certo. Como a que você tem em *nós*?

Clare abre a boca, mas em seguida a fecha, sem saber como responder. Em vez disso, ela se recosta contra o banco com um suspiro, e os dois ficam calados por um minuto, e depois dois.

— A questão é que — recomeça finalmente Aidan — talvez eu não tenha.

— Não tenha o quê?

— Fé suficiente em você.

Isso a atinge como um soco — um soco forte e certeiro no estômago —, e ela se esforça para manter o rosto neutro.

— Então talvez — argumenta Clare, sem conseguir olhar para ele — a gente tenha problemas maiores.

— Talvez sim — concorda ele, colocando a mão na porta. Ele a olha, e ela nota um brilho impaciente em seus olhos.

— Já terminamos?

— O quê?

— Não estou mais a fim de falar sobre isso.

— Aidan, qual é? Não pode simplesmente ficar evitando tudo.

— E você não pode continuar planejando tudo — devolve ele, soando estranhamente rude. — Isso não é um dever de casa. Não vai existir uma resposta para tudo, ok? Simplesmente não vai.

Ele abre a porta do carro, e, quando a luz de dentro se acende, os dois piscam como animais surpresos.

Clare olha para os números verdes do relógio do painel.

— Então o quê? — pergunta ela, baixinho. — Seu plano é apenas passar o resto da noite fingindo que nada aconteceu? Você só quer... o quê? Jogar boliche?

— Foi você que me trouxe aqui — diz ele, saindo do carro.

Clare abre sua própria porta e, então, sai e o olha feio por cima do capô.

— Podemos ir embora, se quiser.

Sem responder, ele começa a atravessar o estacionamento, apertando o botão de trancar o carro por cima do ombro. Clare leva um susto com os dois apitos do carro e, em seguida, se apressa para alcançá-lo, correndo na direção dos pinos gigantes de boliche na entrada.

— Então o que é, afinal? — pergunta Aidan, parando assim que eles chegam à porta. Lá dentro, a luz laranja das pistas cria um leve brilho, e eles podem ouvir a música animada dos videogames do saguão.

— O que quer dizer?

— Na lista. O que isso significa na lista?

Ela franze o cenho para ele.

— Não se lembra?

Ele continua mudo, mas tem algo de deliberadamente teimoso naquela atitude.

— Lembra, sim — diz ela, sondando.

— Na verdade, não. — Um grupo de homens de meia-idade, com camisas de boliche azuis e seus nomes bordados no bolso, saem barulhentamente, forçando Aidan e Clare a recuarem, cada um para um lado.

Quando eles se afastam, ele se volta para ela com os olhos vidrados.

— Então? — insiste Aidan, e Clare balança a cabeça, exausta.

— Esquece — diz ela, abrindo a porta e entrando sem ele, feliz por deixar que o barulho e as luzes do lugar tomem conta de sua mente: o barulho alto das bolas atingindo os pinos, os copos brindando, a confusão de vozes, tudo aquilo uma distração confusa e bem-vinda.

Aidan vai até a lanchonete, mas Clare para ao lado do balcão de aluguel de sapatos, examinando as pistas para ver se reconhece mais alguém além de Riley, que está sentada em um banco com algumas amigas, amarrando seus cadarços.

— Ei — diz uma voz familiar atrás de Clare, e, quando ela se vira, dá de cara com Stella, segurando dois copos plásticos e um saco de pipoca debaixo de um dos braços. — Não achei que vocês dois vinham aqui.

— Riley precisava de carona — explica Clare, salvando as pipocas de um encontro com o carpete de estampa feia.

Stella olha ao redor da sala.

— Cadê Aidan?

— Não faço ideia — diz Clare secamente.

— Eita, ok. Bem, estamos ali com Mike, Noah e Kip. Eles estão aqui há horas e estão completamente... — Stella usa um dos copos para apontar para as últimas pistas, mas, quando vê Aidan, ela abaixa a mão e volta a cabeça para Clare, com um olhar tímido. — Acho que encontramos Aidan.

— Acho que sim — diz Clare, percebendo a irritação em sua voz.

— Tudo bem? Parece meio...

— Chateada?

— Eu ia dizer irritada, mas, claro, chateada.

— Aidan é... — Ela hesita, incerta de como terminar a frase. — Um idiota.

— Só isso? — pergunta Stella, rindo. — Ele sempre foi um idiota. Não pode terminar com ele por causa *disso*. É uma condição preexistente.

— Nós não terminamos — responde Clare rapidamente, surpresa em sentir o coração acelerar com esse pensamento. — Nós ainda só estamos...

— Conversando.

— Conversando.

— Estavam na sua casa?

— Na dele — responde Clare. — E paramos na praia também.

— Suponho que não tenham conseguido finalmente salvar o pobre Ferrugem?

Clare consegue abrir um sorrisinho.

— Não. Acho que ele terá de sobreviver sozinho até voltarmos, no feriado de Ação de Graças.

— Assim como Scotty — lembra Stella, e sua expressão fica mais séria. — Não sei se ele está levando tudo numa boa.

— Ele vai ficar bem. É o Scotty. Ele sempre está bem.

— Acho que sim — diz Stella, soando não muito convencida apesar disso. Seu olhar volta para onde os meninos estão reunidos em volta da máquina de pontos, na última pista, e Clare a observa cuidadosamente.

— Por que está tão preocupada com *Scotty*? — indaga ela, e Stella a olha de volta, surpresa.

— Sei lá. Não estou.

— Você odeia Scotty — relembra Clare. — Vocês nem são amigos de verdade.

— É, mas...

— Você e eu — continua ela, sentindo-se irritada de repente — fomos amigas a vida toda.

— Eu sei.

— E ambas partimos amanhã.

Stella parece não ter certeza a respeito de onde aquilo vai chegar.

— É...

— Então por que não tenta se importar com *isso* por um minuto? — pergunta Clare com uma carranca, e, no silêncio que se segue, as duas ficam se encarando, ambas um pouco espantadas com as palavras, que soaram mais ásperas que o esperado. Mas é algo que estava entalado na garganta de Clare já fazia algum tempo; era só questão de tempo até ela explodir.

— Eu me importo — assegura Stella, em um tom de voz apaziguador.

— Não de verdade. Você não aparece há semanas. Até esta noite, mal se deu o trabalho de me perguntar sobre todo esse lance com Aidan.

— Só porque temos falado nisso há *meses*.

— É, mas antes eram apenas hipóteses. Agora tudo está de fato acontecendo. Agora é que mais preciso de você.

Stella ergue os ombros.

— Eu estou aqui.

— Não está, não. — Clare balança a cabeça. — Não realmente. E é tarde demais, de qualquer maneira.

— Ei, sinto muito se...

— Esquece — interrompe Clare. Ela pisca repetidamente para a amiga, sentindo um nó na garganta. Não era assim que sua última noite juntas deveria ser. Stella e ela eram inseparáveis desde pequenas. Sentavam-se lado a lado no jardim de infância, aprenderam a andar de bicicleta no mesmo dia, davam festas de aniversário juntas quando crianças. Dividiam livros e almoços, adesivos e roupas (pelo menos até a oitava série, quando Stella decidira que sua cor favorita era o preto). Elas haviam compartilhado basicamente tudo.

Todo esse tempo, estavam correndo uma maratona juntas. E agora, com apenas alguns quilômetros para a chegada, Stella desistiu, e Clare não consegue entender por quê. De jeito algum.

— Você não estava aqui — recomeça Clare, tentando não deixar o queixo tremer. — Você devia ter estado aqui.

— Clare.

— Não, tudo bem — mente ela, olhando duro para Stella. — Faz parte, não faz? Acho que é para seguirmos cada uma em frente com a vida.

— Não assim.

Clare dá de ombros, e algumas pipocas caem no chão.

— A partir da semana que vem, nada disso vai importar mesmo. Nós duas vamos ter novos amigos...

— O quê, tipo Beatrice St. James? — pergunta Stella, arqueando uma das sobrancelhas.

— Bem, sim. Talvez. Provavelmente.

— Clare, qual é?

— Não, talvez seja melhor assim. Talvez a gente deva apenas aprender a não depender tanto uma da outra.

Ela espera Stella discordar e dizer o quanto está sendo infantil, mas Stella não o faz. Em vez disso, seus ombros desabam, e, pelo que parecem intermináveis minutos, ela baixa a cabeça para as bebidas em suas mãos. Então, finalmente, encara Clare.

— Talvez tenha razão — diz ela, sem expressão, e depois, sem dizer nem mais uma palavra, Stella passa por ela, descendo apressadamente os degraus até as pistas.

Clare fica parada ali, observando-a ir, seus pés parecendo estranhamente pesados. Depois de um instante, ela respira, trêmula.

Ótimo, pensa. *Menos uma despedida.*

Aquele pensamento devia fazê-la se sentir mais leve, mas tudo que ela sente é um vazio enquanto caminha na direção dos amigos, desviando de sapatos descartados que entulham o chão grudento.

Quando se aproxima da última pista, Clare vê que os outros caras — Noah, Mike e Kip — estão brincando com o placar, escolhendo nomes ridículos para todo mundo, e Scotty está em pé, com uma bola rosa-choque debaixo do braço, curvado de tanto rir.

Apenas Aidan está destoando, ainda de cara feia para nada em particular, e, quando Clare tenta atrair seu olhar, ele cruza os braços e observa os seis pinos ainda de pé no final da pista.

— Ei, Stells — chama Scotty, balançando levemente, do jeito que sempre faz quando está bêbado. Clare ergue as sobrancelhas ao ouvir o apelido, mas Stella apenas revira os olhos para ele enquanto o garoto tenta girar a bola de boliche em seu dedo, como se fosse uma bola de basquete. Ela cai no chão com uma pancada alta. — Tenho uma piada para você.

— Qual? — pergunta Clare, depois que ninguém mais pergunta. Com Aidan e Stella agindo como babacas, ela sente uma súbita onda de afeto por Scotty. Parece tão afoito parado ali, com os sapatos de boliche listrados de vermelho e azul que comprou ano passado, mesmo sendo péssimo no esporte. Ele acabou amando tanto o calçado que começou a usá-lo para ir à escola, deslizando pelos corredores entre as aulas.

— Por que uma pista de boliche é o lugar mais quieto do mundo? — pergunta ele, parecendo satisfeito. Mas Scotty não tem paciência de esperar que alguém adivinhe. Ele se apressa, louco para responder: — Porque você escuta até um pino caindo!

Clare não consegue não rir um pouco com aquilo, mas Stella apenas balança a cabeça, pegando a bola do chão. Aidan o ignora completamente, levantando a cabeça para ler o placar no alto, onde seu nome agora aparece como A-Dog, e o de Clare como C-Money. Ninguém mais parece notar, exceto Scotty, que dá alguns passos na direção de Aidan, olhando feio para ele.

— O quê? — pergunta ele, seu rosto um pouco vermelho demais. — Não foi engraçada o bastante para você?

Aidan se vira, claramente surpreso.

— Só não estou no clima de piada, eu acho.

— Por que não? Vocês dois finalmente terminaram ou algo assim?

— Scotty — interrompe Stella, segurando-o pelo braço antes que ele pegue o copo de novo. Ela empurra a bola rosa-choque de boliche para ele, e ele resmunga quando ela atinge de leve seu estômago. — Acho que é sua vez.

— Não, Kip ainda não foi — avisa ele, apontando para os seis pinos ainda de pé, mas Kip, que está assistindo ao desenrolar dos acontecimentos inocentemente, acena para Scotty.

— É toda sua, amigão — diz ele, com um sorriso preguiçoso. — Pode terminar por mim.

Scotty dá de ombros, desfila até a pista, olhando para trás uma única vez. Dá uma piscadela para o grupo, lança a bola diretamente para a canaleta e fica parado observando-a sumir ao longe, rápida como em um pinball. Quando ela desaparece no final da pista, ele dá meia-volta, braços erguidos em triunfo.

De canto de olho, Clare nota Riley acenando para ela do meio das pistas, e ela ergue uma das mãos para acenar de volta. Mas, quando escuta uma explosão de risadas atrás de si, percebe que Scotty também viu a irmã de Aidan.

— É por isso que está tão mal-humorado, cara? — pergunta ele a Aidan com um sorriso torto, mais uma vez de brincadeira. — Porque sua irmã me seguiu até aqui?

— Já chega, Scotty. — Aidan o olha sério. Clare pode ver que seu rosto está corado por trás das sardas, e ela sabe que aquele é o jeito mais fácil de tirá-lo do sério, não porque Scotty e Riley ainda sejam uma possibilidade real, e sim porque Aidan é superprotetor e um pouco sensível e, principalmente, porque é um bom irmão mais velho... Coisas que Clare geralmente admira no namorado.

Mas aquela não é a noite certa para provocá-lo, e Clare arregala os olhos e balança a cabeça negativamente para Scotty, tentando sinalizar, apesar de saber que provavelmente não vai adiantar. Ele ainda está sorrindo, um sorriso bobo, e Clare sabe que ele está apenas se aquecendo.

— O que eu posso fazer, não é mesmo? — pergunta ele, todo inocente e jogando charme, com o cabelo arrepiado na nuca de um jeito que o faz parecer um personagem de desenho animado. — Sabe como todas as garotas me amam. Não é culpa delas não conseguirem ficar longe...

— Vê se cresce — interrompe Aidan, dando meia-volta para ir embora. Ele dá dois passos largos, para e se volta. Clare percebe então que ele passou de irritado a transtornado, algo que geralmente só acontece quando está discutindo com o pai. — Na verdade, esquece. Você nunca vai crescer, não é? Não é à toa que está ficando para trás nesta cidade idiota, com todos os alunos idiotas do ensino médio. Você ainda se comporta como um.

Ele hesita um segundo, lambendo os lábios, e encara Clare, o olhar um pouco descontrolado, antes de se voltar para Scotty.

— Quer saber? — continua ele, em voz baixa. — Você pertence a este lugar.

Por um momento parece que tudo para, apesar de as pessoas continuarem jogando ao redor, lançando as bolas e comemorando e bebendo e rindo, como se Aidan não tivesse acabado de dizer exatamente a coisa errada, como se ele não tivesse acabado de expor exatamente os maiores medos do melhor amigo: de que não só todos ali sentem pena dele, mas que ninguém ficou surpreso por ele ter ficado para trás.

Toda a cor se esvaiu do rosto de Scotty, e Clare fita Aidan, que também parece meio abalado agora. Ela é tomada pela lembrança da primeira vez que os dois foram até ali juntos, alguns meses depois de terem começado a namorar, quando — após uma noite de bolas na canaleta e apenas um pino sendo derrubado por uma jogada e intermináveis piadas às suas custas — ela, de alguma maneira, conseguira fazer um oscilante e lento strike.

Assim que todos os pinos caíram, ela se virou e correu até o banco com as mãos para o alto, e, antes que pudesse dizer qualquer coisa, antes que pudesse sequer recuperar o fôlego, Aidan a envolvera num abraço de urso, tirando seus pés do chão e girando-a, ambos gargalhando.

Quando ele a colocou de volta no chão, os olhos estavam brilhando, e ele se aproximou.

"Eu *amo* você", disse ele, como um garotinho declarando seu amor por sorvete, ou por insetos ou pelo circo, cheio de surpresa e deleite.

Agora ela se dá conta de que está exatamente no mesmo lugar e de que, uma vez mais, Aidan a observa, só que dessa vez não há expressão alguma em seu rosto, e alguma coisa no vazio de seu olhar faz Clare tremer de frio.

Stella é a primeira a reagir.

— Meu Deus, Aidan! — Ela se aproxima de Scotty. — Não precisa ser tão babaca.

— Tudo bem — diz Scotty, seco, mas seu olhar está colado ao chão.

Clare está prestes a dizer alguma coisa a Aidan — apesar de ainda não saber o quê — quando ele de súbito dá meia-volta e continua andando em direção à saída. Ela acompanha sua partida, chocada com a indiferença do namorado, justamente naquela noite. Aidan e Scotty já tiveram incontáveis discussões, mas elas sempre terminavam em risada. Sempre. Agora, entretanto, alguma coisa parece diferente. Tudo está carregado demais, pesado demais, definitivo demais.

— Sinto muito — lamenta Clare, voltando-se para Scotty. — Ele só... ele não está muito bem agora. Mas não devia descontar em todo mundo.

— Tudo bem — repete Scotty.

Clare olha de novo para a saída, na esperança de que Aidan já tenha ido embora, mas, em vez disso, ela o flagra andando de um lado ao outro na frente das portas, a cabeça baixa e os ombros curvados. Ela começa a seguir naquela direção, mas logo depois para, congelada de tanta indecisão.

— Vá — incentiva Stella, e, apesar de seus olhos ainda espelharem mágoa, a voz é gentil. — Ele é um idiota. Mas é seu idiota.

Clare fita a amiga por um instante, e, em seguida, concorda com a cabeça.

— Talvez a gente veja vocês mais tarde — diz ela, sem muita convicção, e Stella simplesmente levanta a mão em um aceno fraco. É impossível desvendar se significa um adeus por agora ou um adeus de vez, e Clare não fica ali para descobrir. Em vez disso, ela coloca o saco de pipoca na mesa, vira e corre até a saída, o sangue bombeando alto nos ouvidos.

Quando ela alcança Aidan, ele a recebe não com um pedido de desculpas ou explicações, e sim com uma expressão teimosa e furiosamente distante. Clare anda diretamente até ele e cutuca sua camisa com o dedo, bem no meio do peito.

— Foi onde você disse que me amava pela primeira vez — revela ela meio sem fôlego, esperando conseguir tirá-lo daquele estado, lembrar a ele, puxá-lo de volta. — É por isso que estamos aqui.

Mas, quando Clare repara no rosto de Aidan, os olhos do namorado estão tão tristes que a fazem parar. No silêncio que se segue, é quase como se a piada idiota de Scotty tivesse se tornado realidade. Atrás deles, pinos caem no chão repetidamente com sons de trovão, como algo se estilhaçando, mas bem ali, no espaço abafado entre eles, parece ser realmente o lugar mais silencioso do mundo.

— É, bem... — começa finalmente Aidan, logo antes de sair para onde agora chovia. — Não é como se você já tenha me dito o mesmo de volta.

PARADA #6

A lojinha
21h41

Quando Clare não vê Aidan perto do carro, ela volta para a lateral do prédio, onde o encontra sentado no meio-fio, cabeça baixa, checando o celular. Há um ligeiro cheiro podre vindo das latas de lixo próximas, soprado em sua direção pela chuva: uma fina e insistente bruma, agradável depois do ambiente fechado do boliche.

Clare fica parada perto do namorado por alguns segundos, mas, como ele não mostra nenhum sinal de ter percebido que está ali, ela finalmente se senta a seu lado no meio-fio, deixando alguns centímetros de distância entre os dois.

— Sinto muito — pede ela, inclinando a cabeça para olhar para ele. — Não sabia que ainda te chateava.

Aidan ri, mas não há nada de divertido na sonoridade.

— Que você não me ama?

— Que eu não falo isso.

— Dá no mesmo.

— Não dá, não — insiste ela, como já fizera tantas vezes antes. — Sabe como me sinto em relação a você.

— Acho que esse é o problema. Talvez eu não saiba.

— Aidan.

— Não me admira você achar que devemos terminar — continua ele, os olhos brilhando de raiva. — Se não consegue dizer agora, provavelmente nunca conseguirá.

— Eu já te disse — afirma Clare, esfregando os olhos com as mãos, já se sentindo derrotada por uma discussão que ela jamais vai vencer. — Não quero dizer a não ser que seja...

— Verdade? Real?

Ela balança a cabeça, frustrada.

— A não ser que seja para sempre.

— Certo — diz ele, parecendo magoado. — E isto não é. Recado dado.

Os dois ficam em silêncio depois daquilo, e Clare fecha os olhos. Ela daria tudo para não estar conversando sobre isso. Não naquela noite. Não quando eles só têm algumas horas. Especialmente porque ela sabe que a única coisa que ela pode dizer para tornar isso melhor é a única coisa que ela ainda não consegue dizer em voz alta.

Durante um bom tempo, Aidan não pareceu se importar. Logo depois de ele falar pela primeira vez — bem ali, no boliche —, eles passaram uma tarde no museu de arte do centro da cidade. Havia uma exposição sobre Picasso, e Clare parou e observou uma pintura de uma criança segurando uma pomba branca.

"Parece o verdadeiro amor de pombinhos", brincou Aidan, aproximando-se por trás.

"Definitivamente amor de pombinhos à primeira vista."

"Sabe o que eu amo? Pinturas de pombinhos apaixonados."

Ela sorriu.

"Ah, é?"

"E pombinhos", continuou ele, quando ela virou, abraçando seu pescoço. "Quem não ama pombinhos apaixonados, não é?"

"Eu sou uma pombinha apaixonada *por você* — disse ela, ficando na ponta dos pés para beijá-lo.

E, durante um tempo, aquilo fora o bastante.

Eu sou uma pombinha apaixonada por você, disse Clare uma semana depois, as palavras ainda borbulhando dentro de si enquanto o observava agachado no chão da loja, todo atrapalhado depois que sua sacola de maçãs rasgou e se abriu. *Eu sou uma pombinha apaixonada*, gritou ela acima do barulho, quando Aidan a beijou após uma vitória animada no lacrosse, e de novo durante um instante quieto logo antes de os dois se despedirem numa noite normal de terça-feira, na entrada da garagem da garota.

Era só uma brincadeira, mas para Clare significava a mesma coisa, que não devia ter importado — não quando todos os sentimentos certos estavam presentes. Só que, por algum motivo, importava. Parecia mais seguro de alguma maneira, menos permanente. Porque o amor não era algo que você podia declarar e retirar. Era como um feitiço: uma vez que você diz as palavras, elas simplesmente ficam por aí, flutuando e mudando tudo que uma vez fora verdadeiro.

Durante toda a vida, Clare testemunhara os pais passarem aquelas três palavras um para o outro, como se não fossem algo frágil, como se aquilo fosse a coisa mais resistente do mundo. Eles nunca se contentavam em dizê-lo uma vez só. "Eu amo amo amo você", seu pai diz à mãe todas as manhãs quando sai de casa, e ela sempre grita de volta da mesma forma: "Eu amo amo amo você."

Quando era pequena, Clare lhes perguntara sobre aquilo uma vez, e eles apenas sorriram e disseram que era porque eles se amam três vezes mais que qualquer outra pessoa.

Mas depois, quando já estava crescida o bastante para a história — aos 9 anos de idade e começando a fazer perguntas —, eles se sentaram a seu lado e explicaram a verdade a respeito da própria história, sobre como ambos haviam sido casados antes.

"Mas por quê?", perguntou Clare na época, tentando absorver a ideia de que não só seus pais tinham tido outras vidas, como também haviam tido vidas anteriores *um ao outro*. Era confuso tentar imaginar uma época quando não eram uma família, quando não havia panquecas na mesa todo domingo de manhã, quando seus nomes não estavam escritos na calçada na entrada, quando seus sapatos não estavam espalhados ao lado da porta dos fundos.

"Por que...", perguntou ela, piscando para conter as lágrimas, sentindo que o mundo todo virara do avesso. "Por que não simplesmente *esperaram* um pelo outro?"

"Éramos jovens", explicou gentilmente sua mãe, afagando os cabelos de Clare. "Achamos que havíamos encontrado o verdadeiro amor. Mas na verdade tinha sido só um primeiro amor."

"As coisas mudam quando você fica mais velho", completou o pai. "Mas tivemos sorte. Para nós, o segundo amor acabou sendo o melhor de todos." Ele pegou a mão da mãe de Clare. "E é por isso que não apenas amo sua mãe. Eu amo amo amo sua mãe."

"Por que três vezes então?", insistiu Clare. "Se é só o segundo amor?"

"Porque duas não são o bastante", respondeu seu pai com um sorriso. "Mas, se eu fosse dizer mil vezes, me atrasaria para o trabalho."

Clare tem noção de que seus pais não são normais; não porque ambos são divorciados, e sim porque são tão bizarramente felizes agora. O que ela não sabe é se isso é porque os dois são apenas sortudos — por terem tido a sorte de encontrar um ao outro, apesar de terem cometido erros da primeira vez —, ou se o que eles dizem é verdade: que o segundo amor é o melhor de todos.

Mas, seja como for, alguma coisa naquilo a tornou excessivamente cautelosa em relação ao amor. Há tanta incerteza, tanta margem para erros.

E ela não quer que Aidan seja um erro. Jamais.

Então, não importa o quanto seus sentimentos sejam fortes, ela se recusa a apressar as palavras. São significantes demais, definitivas demais, duradouras demais. Quando finalmente as disser, Clare quer que seja para a primeira, última e única pessoa; quer que aquilo tenha validade.

"É, mas, na verdade, você as diz o tempo todo", observou Aidan certa vez, enquanto os dois lavavam as verduras compradas na feira. "Diz para seus pais. E para Bingo."

Clare revirou os olhos.

"É diferente. Ele é um cachorro."

"Então o que eu preciso fazer? Implorar mais?", brincou ele, começando a se ajoelhar, bem ali no chão da cozinha. Ela o pegou pelo cotovelo e o puxou de volta, beijando-o em vez disso.

"Nada de implorar", decretou Clare, no mesmo tom de voz firme que usava para repreender o cachorro.

Mas vem sendo assim há tanto tempo — uma brincadeira cuidadosa, um entendimento frágil — que ela é pega totalmente de surpresa pela reação de Aidan aquela noite.

Clare se vira para encará-lo mais de frente, mas ele ainda se recusa a olhá-la nos olhos.

— Posso não dizer, mas obviamente mostro a você como me sinto. Por que as palavras são tão importantes?

— Elas simplesmente são — diz ele, se levantando e limpando a parte de trás da calça jeans. — Não quando ditas, mas principalmente quando *não*.

Quando ele começa a se afastar, Clare também se levanta.

— Não entendo por que está tão chateado com isso *agora* — diz ela, correndo atrás do namorado. — Não achei que se importava antes...

Ele para abruptamente.

— Pelo amor de Deus, Clare! Claro que eu me importava. Quantas vezes você acha que alguém pode dizer *eu te amo* sem ouvir o mesmo de volta?

Clare desmorona com aquilo, porque toda a raiva de Aidan esvanece e o que resta é apenas mágoa.

— Sinto muito — diz ela, tentando lhe segurar a mão, mas Aidan a puxa de volta, vira na direção do carro e pega as chaves.

— Eu costumava achar que era só mais uma de suas regras idiotas — admite ele, de costas para ela. Os ombros de sua camisa estão molhados da chuva, e seu cabelo também. — Mas agora não tenho mais tanta certeza.

Clare fica piscando para ele, sentindo o corpo inteiro como chumbo. Por mais preparada que se julgasse para terminar com ele naquela noite, ela agora percebe que não esperava que *realmente* fosse acontecer. Pelo menos não assim. Não da maneira como a maioria dos casais terminam: brigando e discutindo, reavivando discussões esquecidas e atirando-as uma para o outro, como granadas. Se precisava acabar, ela imaginara que seria triste e inevitável: uma única lágrima, um abraço doloroso, um bravo adeus.

Mas Aidan já está no carro, o motor sendo ligado, e não há nada que ela possa fazer a não ser correr para o outro lado e entrar também, com medo de ele partir sem ela. Quando Clare o faz, Aidan sai da vaga sem dizer uma só palavra, as mãos segurando com força o volante, a boca em uma linha séria.

Apenas quando já chegam quase à parte central da cidade é que ele pigarreia, um som forte, a ponto de Clare pular um pouco no banco, assustada.

— Para onde? — pergunta ele, e Clare ergue os ombros.

— Para onde quiser.

— E a lista?

Ela olha para ele.

— Parece meio boba agora — admite ela baixinho, e Aidan não discute.

Quando o sinal abre, ele vira à esquerda.

— Preciso abastecer.

— Ok — responde Clare, um pouco entusiasmada demais. Mas é um alívio ter um próximo passo. Ela respira fundo e tenta novamente: — Parece bom.

O posto de gasolina fica no limite da cidade, um pequeno pedaço de asfalto ondulado e seis bombas enferrujadas. Atrás delas, há um lava-jato escuro e uma loja de conveniência onde, pela janela, dá para ver um atendente entediado folheando uma revista no balcão.

Aidan sai sem dizer uma palavra, atravessando na frente do carro até o tanque de combustível do lado de Clare. Enquanto ele ajeita a mangueira, ela pega o celular, iluminando o interior do carro com um leve brilho. Passa pouco das dez e o que antes parecia ser a noite mais curta de sua vida — marcada por coisas demais para dizer e lugares demais para visitar — agora paira diante de Clare, interminável e cheia de incertezas.

Enquanto espera o tangue encher, Aidan se apoia na janela, a camisa xadrez azul pressionada contra o vidro. Normalmente Clare faria algo abrir a janela e assustá-lo, e ele faria algo como se virar e pegar um esfregão molhado, ameaçando encharcá-la até ela sair e ajudá-lo, e depois eles esperariam o tanque encher, lavando as janelas de seu carro eternamente sujo.

Mas não naquela noite.

Naquela noite, ela apenas fica sentada ali, esperando, quietinha.

Clare está tão imersa em pensamentos que, quando alguém bate na janela do motorista, ela toma um susto. Ao olhar, ela vê que há um policial se abaixando para enxergar dentro do carro. Seu estômago, se revira e, em reflexo, o rosto fica vermelho com o que parece culpa.

Mas o homem está sorrindo para ela em expectativa e, depois de um segundo, Clare se dá conta de que o conhece: é o pai de sua amiga Allie. Faz um tempo que Clare não o vê, e ela fica surpresa por ele tê-la reconhecido. A última coisa que queria fazer agora era jogar conversa fora, mas, mesmo assim, ela se inclina na direção do banco do motorista para abaixar o vidro.

— Oi, policial Lerner — cumprimenta ela, acenando levemente. Allie e ela eram melhores amigas no primário, e, apesar de terem se afastado mais ou menos no começo do ensino médio, atraídas por círculos sociais diferentes, ambas sempre se trataram com cordialidade, como qualquer pessoa faria com uma testemunha de uma parte tão significativa de seu passado.

— Oi, Clare — responde ele, apoiando os antebraços na janela aberta. — Pronta para partir em breve?

— Amanhã de manhã, na verdade.

— Como seus pais estão lidando com isso?

— Ah, acho que vão sobreviver — responde ela, mas ele passa a mão no pescoço gordo com uma expressão pesarosa.

— Eu não teria tanta certeza disso. Allie foi embora semana passada, e vou te dizer uma coisa: a mãe e eu estamos perdidos. Parece que perdi meu braço direito.

— Garanto que ela está sentindo falta de vocês também — reassegura Clare, enquanto Aidan termina de encher o tanque e dá a volta no carro.

— Olá, meu jovem — cumprimenta o policial Lerner. — Levando Clare para se divertir na última noite?

— Sim, senhor — responde Aidan, estendendo a mão para cumprimentá-lo. — É minha última noite também.

— Últimas noites — comenta ele, assentindo com apreço. — Importante, hein?

De onde ela está, Clare só consegue ver Aidan através do para-brisa cheio de insetos mortos, e ela o observa assentir com a cabeça algumas vezes.

— Sabe — continua o policial —, conheci a mãe de Allie no ensino médio.

— Ah, é? — diz Aidan, olhando na direção de Clare.

Ela sabe o que ele está pensando.

Está pensando: *Viu?*

Está pensando: *Eu te disse.*

Está pensando: É *possível.*

Mas Clare desvia o olhar.

É verdade que o mundo é cheio de sinais. Eles simplesmente significam coisas diferentes para pessoas diferentes.

Para Clare, isso parece a exceção.

Para Aidan, parece a regra.

— O amor de minha vida — confessa Lerner, com uma piscadela, dando um tapinha no teto do carro e se afastando. — Mas é melhor eu ir. Se alguém me pegar parado aqui por muito tempo, vai achar que tenho comprado chocolates de novo e vai torcer meu pescoço. — Ele bate no bolso do uniforme, e um barulho de embalagens de chocolate se faz ouvir. Então, pisca mais uma vez para os dois. — Aproveitem a última noite de vocês, está bem? Fiquem longe de encrenca.

— Vamos, sim — promete Clare.

Quando ele se vai, Aidan senta de volta no banco e fica ali pelo que parece uma eternidade, sem girar a chave na ignição. Enquanto Clare espera, o silêncio começa a parecer algo tangível, tão espesso que respirar se torna difícil e seu rosto parece quente no carro pequeno demais. Ela vai abaixar o vidro da janela, mas então muda de ideia.

— Chiclete — diz Clare, com a boca meio seca. — Preciso de chiclete.

Aidan franze o cenho.

— Ok.

— Já volto. — Clare abre a porta e engole o ar frio enquanto caminha em meio às bombas de combustível.

À frente, a lojinha de conveniência parece um aquário superiluminado em meio à escuridão, e lá dentro o cheiro é uma estranha mistura de gasolina e cachorro-quente. Enquanto caminha pela fileira de salgadinhos e chocolates, as embalagens quase elétricas debaixo das luzes fortes, o coração acelera só de pensar em voltar ao carro.

Eles brigaram ali uma vez. Não foi sua primeira nem a pior briga, mas estavam discutindo desde a casa de Aidan, onde seu pai, como sempre, o havia perturbado por causa de suas notas, sempre oscilando entre decentes e razoavelmente boas; não porque ele não era inteligente, mas porque sequer tentava. No caminho, Clare não conseguia discordar do Sr. Gallagher.

"Se gastasse metade da energia que gasta no campo de lacrosse...", argumentou ela, e Aidan a olhou enfezado.

"É tão importante quanto. Nós dois sabemos bem que não é por causa de minhas notas que vou entrar para uma faculdade."

"Não se não tentar", concordou Clare, assim que eles pararam no posto.

Dali em diante, a discussão só aumentou, e, quando entraram na lojinha, os dois mal se falavam. Mas, depois de alguns minutos perambulando por corredores diferentes, os dois ainda fumegando, Clare sentiu algo atingi-la entre as omoplatas, e deu meia-volta só para se deparar com uma caixa de *Nerds* a seus pés.

Quando ela levantou a cabeça, Aidan estava sorrindo em sua direção, do outro lado de uma prateleira de batatas chips.

"Tem razão", disse ele, apontando para a caixa. "Vou me esforçar mais. Prometo ser mais nerd."

Clare olhou para a prateleira de chocolates mais próxima e jogou para ele uma embalagem de *Smarties*.

"Você já é nerd. E já é esperto. Só precisa se dedicar."

"Eu sei."

Ela exibiu uma barra de *Payday* com um sorriso largo.

"Uma recompensa por enfiar o nariz nos livros."

Ele jogou uma *100 Grand* na direção da namorada.

"Vale quanto para você?"

"Vá pescar", respondeu ela, lançando um pacote de *Swedish Fish* em Aidan, e, quando o caixa os expulsou da loja, eles estavam rindo tanto que nem se importaram.

Agora a porta se abre atrás de Clare com um sininho mecânico, ela se vira e vê Aidan ali, parecendo meio distraído. Ele abre a boca para dizer alguma coisa, mas a fecha novamente. Clare é tomada por um súbito arrependimento pelo rumo que a noite tomou. Parece que ambos estão à beira de um caminho sem volta, e ela dá um passo rápido na direção do namorado, ainda sem saber o que dizer. A suas costas, o caixa tamborila no balcão.

— Vai comprar isso? — pergunta ele, e Clare olha para baixo, percebendo que estava com um pacote de chicletes na mão. Quando ela abre os dedos para olhá-lo, sua vontade é de rir. Ela o atira para Aidan, que o apanha com facilidade e o levanta para ver a marca. Ao ver a embalagem, seu corpo inteiro parece relaxar, e ele ergue as sobrancelhas.

— *Ice Breakers*? — pergunta, dando de ombros.

Aidan avança alguns passos na direção de Clare e, por um momento, apesar de tudo, ela se pergunta se ele irá beijá-la, bem ali na lojinha de conveniência do posto. Mas, em vez disso, ele para na frente da estante de chocolates, examinando as fileiras de caixinhas perfeitamente arrumadas até encontrar o que procurava, e, quando ele o entrega a Clare, ela percebe que é ainda melhor.

Não apenas um beijo, mas um pacote inteiro de *Hershey's Kisses*.

PARADA #7

O chafariz

22h21

Eles caminham ao som de uma trilha de plásticos barulhentos e embalagens voando, misturando cores e sabores, trocando chocolate por jujubas e balas por chicletes. Há mais dentro do carro, estacionado atrás da lojinha, porque não conseguiram carregar tudo. Foi consumismo desenfreado, impulsivo e inebriado, os dois gargalhavam, jogando mais doces sobre o balcão, as embalagens escorregando como discos de hóquei na direção do espantado caixa.

Alguns dos nomes podiam ter um significado maior se você os olhasse do jeito certo — as boquinhas de gelatina e os corações de bala, até os *chuckles* —, mas a maioria, não. Eles apenas se deixaram levar um pouco demais, aliviados por estarem fazendo uma coisa — qualquer coisa — juntos, por estarem rindo em vez de emburrados e em silêncio, uma prorrogação feliz, se não permanente.

— Não faço ideia de por que estou comendo tantos desses — confessa Clare, jogando mais um M&M na boca ao atravessar a rua. — Nem com fome estou.

— Eu também não — admite Aidan, feliz. — Definitivamente, vamos passar mal.

Eles não conversaram sobre um destino, mas, assim que chegam às primeiras lojas no limite da cidade — a padaria, a joalheria e o banco que distribui pipoca de graça aos sábados —, as opções são tão poucas que ambos sabem para onde estão indo. Eles passam por um casal mais ou menos da idade de seus pais saindo de um restaurante italiano, e podem ver no final da rua as luzes do Slices ainda acesas, mas, em sua maior parte, a cidade está vazia àquela hora, silenciosa e quieta e basicamente toda deles.

Na praça — um retângulo verde, com fileiras de lojinhas em três dos lados —, eles andam direto até o chafariz de pedra no centro, onde a água rasa está cheia de moedas, brilhando como estrelas sob a luz do luar. A chuva parou agora, mas ainda permanece a lembrança no ar, um cheiro úmido e fresco, como a primavera. Clare e Aidan se sentam na beirada, as pernas balançando e a água borbulhando às costas.

— Lembra da primeira vez que viemos aqui? — pergunta Aidan, sacudindo o saquinho de *Skittles* que tem na mão. O olhar está fixo na estação de trem do outro lado da rua, onde algumas pessoas esperam na plataforma, aguardando tarde da noite o transporte até a cidade.

Agora é a vez de Clare ficar confusa.

— Acho que não — diz ela, tentando se lembrar. Eles já passaram por ali em grupo depois de um lanche na Slices, mas ela não se lembra de nenhum momento específico com Aidan, nada significativo o suficiente para ganhar um lugar na lista.

— Ainda não estávamos juntos — explica Aidan, dando algumas *Skittles* a ela. — Mas eu já gostava de você. Muito. E Scotty teve a ideia de tomar um sorvete, mas ele não tinha dinheiro...

— Ah, sim — diz Clare, dando um empurrãozinho no ombro do namorado ao se lembrar. — Então ele entrou na fonte para juntar um monte de moedas.

— E você começou a jogar água no cara, o que virou uma grande guerra.

— Me lembro como se fosse hoje. Só esqueci que você também estava.

— Acho impossível de acreditar — diz ele, sorrindo. — Sou completa e totalmente inesquecível. Para não mencionar o fato de...

— Aidan — interrompe ela, e ele para.

— O quê?

— Cale a boca.

Ele ri.

— Tá. Mas você sempre acha que me notou primeiro. Só que eu claramente reparei em você também. Antes de virarmos qualquer coisa.

Clare olha para a lua... azulada e quase cheia, grande como um farol e quase tão brilhante quanto.

— Antes de virarmos qualquer coisa — repete ela, se inclinando para passar os dedos pela água fria. — Parece que faz tanto tempo.

Aidan concorda com a cabeça, coçando o queixo.

— Ei! Sinto muito por mais cedo.

— Tudo bem.

— Na verdade, não. É só que meu pai me deixou...

— Não precisa explicar. A culpa é *minha*. Não sei por que sou tão esquisita quando o assunto é revelar meus sentimentos. São só três palavrinhas idiotas, certo?

— Bem — responde ele, sorrindo —, não são as mais idiotas.

— Eu não sei. Quero dizer... *Eu* é meio bobo, né? Uma palavra só com duas letras é meio que uma jogada fraca.

— E quanto a *você*? — pergunta ele, rindo. — Quatro letras quando só uma palavra já diz tudo?

Mas eles param por ali. Nenhum dos dois está pronto para dizer nada sobre a palavra principal, aquela espremida entre as outras duas, apesar de pairar ali, mesmo assim, tão difícil de ignorar quanto se estivesse escrita no céu em luzes neon vermelhas.

Clare mergulha os dedos na água mais uma vez, e os seca no vestido.

— Acabei de me dar conta de que esqueci de pegar um suvenir do boliche.

— Não foi exatamente nosso melhor momento. Não acredito que seja algo de que queira se lembrar.

— Quero me lembrar de tudo.

Ao longe, o apito de um trem atravessa a noite, e meio segundo depois os sinos da parada começam a tocar. Quando a locomotiva chega em meio a um sopro de ruídos, parando barulhentamente, eles observam algumas pessoas saindo e atravessando as sombras dos postes de luz até seus carros.

— Você se imagina morando aqui? — pergunta Aidan, acompanhando o trem se afastando uma vez mais, as luzes vermelhas ficando mais distantes. — Não como fazemos agora. Mas como nossos pais fazem. Vindo pra casa de trem depois do trabalho, fazendo o jantar, tendo uma casa e um jardim e tudo isso. Jardinagem aos finais de semana.

— Jardinagem?

— Bem, varrer as folhas, pelo menos.

Ela balança a cabeça.

— Sabe que não é isso...

— Eu sei — interrompe Aidan, colocando as mãos para o alto. — Você vai fazer alguma coisa brilhante. Vai ser algum tipo de advogada ou banqueira ou jornalista, com esse apartamento louco na cidade grande. Você vai dominar o mundo. Mas, depois disso...

— Depois que eu dominar o mundo? Pode ser que esteja meio cansada depois disso.

— Sabe o que significa.

Ela levanta os ombros.

— Você também não quer isso. Não de verdade.

— É você que tem todo o potencial. O que mais preciso fazer?

— Além de jardinagem?

Ele revira os olhos.

— Sério. Amo jogar lacrosse. E estou animado por poder fazer isso por mais quatro anos. Mas vamos ser honestos. Não é uma carreira.

— Nunca se sabe. Você disse que existe um programa de gestão esportiva na UCLA, não foi? Parece ter a ver com você.

— É, mas é só uma coisa de verão, e não uma formação oficial. Além disso, quem sabe se eu sequer seria aceito...

— Você poderia — diz ela, com firmeza, mas Aidan balança a cabeça.

— Não sou você.

— Mas eu nem escolhi uma carreira ainda — frisa Clare. — Não faço *nenhuma* ideia do que quero fazer. Passei os últimos quatro anos tentando entrar na faculdade. Nunca pensei de verdade no que viria depois. Não consigo nem resolver no que me formar.

Aidan revira os olhos.

— Quem é que escolhe no que quer se formar antes de pisar no campus, afinal? Você está se pressionando demais. É totalmente normal não saber o que você quer fazer pelo resto da vida.

— É, mas não quero ser normal. Quero saber aonde estou indo.

— Talvez não tenha problema ficar um pouco perdida — insiste ele, e até mesmo no escuro Clare consegue ver seus olhos, redondos como a lua e inteiramente focados nela. — Especialmente se for você.

— O que isso quer dizer?

Ele dá de ombros.

— Apenas que você pode fazer qualquer coisa. E vai. Você tem todo o tempo do mundo para descobrir. Mas eu? — Ele estende um dos braços na direção da cidade, as lojas fechadas e as ruas vazias. — Honestamente, esse tipo de coisa é provavelmente mais de meu feitio. E estou bem com isso. Talvez eu vá ser treinador. — Ele levanta uma barra de chocolate pela metade. — Ou vá abrir uma loja de doces. Ou ser *jardineiro*. Sempre posso vender ferramentas de jardinagem.

Clare tenta imaginar: um futuro ali naquela cidade, no mesmo lugar onde cresceu. Mas é difícil demais pensar tão à frente; há tantas coisas antes disso. No momento, o mundo parece enorme e cheio de possibilidades, e, se um dia ela voltar àquele pequeno cantinho, sabe que terá de ser depois de juntar toda uma coleção de histórias e memórias e outras experiências como bagagem.

Ela pega a mão de Aidan.

— Você também vai fazer coisas incríveis. Só não sabe quais serão ainda.

Ele não diz nada, mas seus dedos entrelaçam os de Clare, e o coração da garota se aperta. Porque bem ali — bem naquele instante — parece algo impossível: estar com alguém por tanto tempo. Já é loucura imaginar que o que você procura em alguém aos 17 anos será igual aos 18, 19, 20. Mas imaginar que você possa estar com a mesma pessoa dos 17 aos 27 — e então dos 37 aos 47 — parece requerer uma fé quase insana.

— Então, o que vem agora? — pergunta Aidan, e Clare respira fundo.

— Eu não sei. Talvez não devêssemos nos preocupar tanto com o futuro. Não é como se existisse uma maneira de prever tão longe. Podíamos ir parar em quase qualquer lugar... — Ela faz uma pausa, pensando nas palavras seguintes com cuidado. — Mas a única coisa da qual temos certeza é de onde vamos parar amanhã. Eu vou para New Hampshire, e você para a Califórnia. Durante quatro anos inteiros.

E quer gostemos disso ou não, precisamos resolver o que fazer a respeito.

Aidan observa Clare com uma expressão ligeiramente perplexa.

— Eu só quis dizer... — começa ele, balançando um pouco a cabeça em seguida. — Quis dizer o que vem agora *na lista*.

— Ah — diz Clare, sentindo o rosto esquentar de vergonha. — É. A lista.

— Mas está certa. Sei que está. Precisamos resolver isso.

Eles se olham, cada um esperando o outro começar. Do outro lado da rua, um grupo sai rindo do Slices, e, em algum outro lugar, alguém liga um motor. Clare balança os pés com nervosismo na beira do chafariz, e Aidan pisca algumas vezes na direção da namorada.

— Ok — diz ela.

Ele assente.

— Ok.

Mas, ainda assim, são necessários mais alguns segundos para ela se sentir pronta.

— A questão é a seguinte — começa ela, antes de parar novamente, já empacada.

— Certo. A questão.

Clare respira fundo.

— A questão é que... se ficarmos juntos, tenho medo de perdermos grande parte das experiências de uma faculdade — explica Clare, sem conseguir encará-lo. — Devíamos mergulhar de cabeça, mas como fazer isso se estivermos sempre desejando estar em outro lugar?

— Eu sei.

— E significa que sempre estaríamos sentindo falta...

— Eu sei — repete ele, interrompendo-a, dura, mas não bruscamente.

— E seria impossível...

— Seria — concorda ele.

— Mas é tão difícil pensar em *não* estar com você, também — admite Clare. — Odeio a ideia de acordar em um dormitório daqui a alguns dias e saber que você está do outro lado do país, mas não saber mais nada além disso. Não quero imaginar o que você está fazendo, ou o que está comendo, ou quem está conhecendo... E não suporto a ideia de não ter nenhuma ideia do que está rolando em sua vida. É horrível demais.

— Eu me sinto do mesmo jeito.

— Mal passamos um dia sem nos ver nos últimos dois anos — diz Clare, olhando para as próprias mãos. — Quero dizer... você tem sido a pessoa mais importante de minha vida.

— E você da minha. — Aidan passa o braço pela cintura de Clare, e ela se encosta nele, aninhando-se no espacinho familiar entre seu ombro e torso.

— Não quero te deixar partir — admite ela, e, ao fazer isso, percebe o quanto aquilo é verdade. Ela não consegue se imaginar indo embora pela manhã sem poder ligar cem vezes da estrada; encontrar a nova colega de quarto sem mandar uma mensagem contando tudo; começar as aulas sem um e-mail de boa sorte do namorado.

Ela não consegue imaginar passar seus dias sem Aidan como testemunha.

Por mais que saiba que é a coisa certa a se fazer.

É só quando ele passa o polegar por seu rosto, secando uma lágrima, que Clare percebe que está chorando. Ela pressiona o rosto contra o tecido gasto da camisa de Aidan, escutando as batidas de seu coração, sentindo o subir e descer constante do peito.

Depois de alguns minutos, ele beija o topo de sua cabeça.

— Acabou — diz ele, sua voz vacilando um pouco. — Não acabou?

Ela não responde. Não é necessário. Ambos sabem que é verdade. Não há mais nada a fazer agora a não ser assentir com a cabeça encostada na camisa, tracejar as veias do dorso de sua mão, jogar a cabeça para trás e beijá-lo, demoradamente e com vontade e de verdade, e então levantarem-se juntos para deixar aquele lugar para trás, e começarem a andar na direção de seja lá o que virá em seguida.

Mas, antes de fazerem isso, Aidan para e tira uma moeda do bolso. Fica parado ali por um tempo, sacudindo-a na palma da mão, e, em seguida, ele a atira no chafariz, onde ela faz um barulho satisfatório antes de afundar e se juntar à constelação de outras moedinhas.

Clare está quase perguntando o que ele desejou, mas ela se contém.

Ela tem quase certeza de que já sabe.

Enquanto ambos se afastam, Clare olha para trás, para a água em movimento, tentando não pensar no fato de que — em vez de encontrar um suvenir ali, algo para levar adiante — os dois conseguiram deixar algo para trás.

Aquilo parte um pouco seu coração.

PARADA #8
A festa
23h11

Da varanda na entrada da casa de Andy Kimball, a música atravessa as janelas com uma força de vibrar o piso. Clare se encolhe com o barulho, já cansada só de pensar no que vão encontrar do outro lado da porta verde. Ela ficou tentada a voltar para casa depois da conversa com Aidan. Mas, quando checou o telefone no caminho para o carro, havia uma mensagem de Stella, avisando sobre a festa — a última grande reunião da turma antes de todos se espalharem pelo país —, e o convite pareceu a Clare uma espécie de oferta de paz, uma oferta que ela não teve coragem de recusar.

— Eu nem tinha percebido que ainda tinha tanta gente por aqui — comenta Aidan, subindo na ponta dos pés para olhar através de uma das janelas.

Ao observá-lo, Clare não consegue deixar de pensar em todas as outras vezes que eles estiveram ali, na entrada de tantas festas iguais. Desde que os pais de Andy ganharam um dinheiro do avô da garota, alguns anos antes, e começaram a viajar com frequência, ela sempre dava festas. Especialmente quando não havia mais nada acontecendo na cidade, o que era o caso na maioria das vezes.

Clare não consegue imaginar ser tão destemida a ponto de entregar a casa na mão de várias pessoas em diversas ocasiões, mas ela admirava Andy pela criatividade ao explicar os milhares de vasos quebrados ao longo dos anos, escapar de incontáveis advertências policiais e escapulir da culpa pelas muitas garrafas vazias no armário de bebida dos pais.

— Acho que tem muitos calouros — especula Clare, quando Aidan se afasta da janela franzindo a testa.

— Para onde Andy vai mesmo?

— Michigan, talvez?

Ele assente.

— Certo.

Apesar da varanda não ser muito grande, eles estão a quase um metro de distância um do outro, e tem algo estranho em ficar tão afastada do namorado. Clare e Aidan nunca foram o tipo de casal de ficar o tempo todo grudado em público, de mãos dadas e aos beijos; são mais discretos que isso, mais contidos. Mas a essa altura, já estão juntos há tanto tempo que estar perto de Aidan é como que um hábito; de algumas maneiras, ele parece ser mais a extensão de Clare que uma outra pessoa.

E é por esse motivo que nenhum dos dois percebe realmente quando Clare coloca uma das mãos no braço de Aindan enquanto ele está falando, ou quando Aidan envolve os pés da garota com os seus quando os dois estão à mesa de um restaurante. Stella está sempre tirando sarro dos dois pelo modo como caminham, tão perto que tendem a esbarrar um no outro, como aqueles carrinhos de bate-bate. E eles raramente ficam a mais de alguns metros de distância nas festas, como se conectados por algum tipo de força magnética.

No entanto, esse é um tipo de aproximação que não se percebe até que não mais exista, até que se esteja em pontas opostas de uma varanda mal iluminada, menos de uma hora depois de decidirem terminar, e tudo que resta entre os dois é uma vasta e dolorosa distância polida.

— Então — recomeça Aidan, a expressão de cuidadosa neutralidade —, vamos contar às pessoas?

Clare o olha alarmada. Ela ainda não havia pensado nisso.

— Desculpe — lamenta ele, parecendo também um pouco nervoso. — Só achei...

Ela balança a cabeça.

— Não, tem razão. Provavelmente devemos.

— Você está bem?

— Sim — responde Clare, tentando sorrir. — É só que é meio estranho.

Ele se vira, como se fosse dar um passo em sua direção, mas então muda de ideia e fica onde está.

— Eu sei — diz ele. — Queria que nós não...

— É. Eu também.

Eles nem se dão o trabalho de bater na porta. Não há como alguém escutar.

Em vez disso, Aidan empurra a porta e a música se espalha pelo silencioso jardim da frente, cheia de batidas e graves. Quando eles entram, se veem diante de uma parede de calor e corpos; a entrada lotada de pessoas com descartáveis copos vermelhos nas mãos, algumas dançando, outras conversando, a maioria só tentando abrir caminho.

— Por que está tão lotado? — grita Aidan para Clare, fazendo uma careta. — Acho que estou velho demais para esse tipo de coisa.

— Boa sorte na faculdade — brinca ela, lhe dando um tapinha amigável no ombro.

— Vou pegar uma bebida. Quer?

— Quero, e se você encontrar com Stella...

— Sim?

Clare hesita e, em seguida, balança a cabeça.

— Esquece.

Quando ele se afasta, com o topo da cabeça ruiva visível em meio à multidão, Clare é tomada por um medo completamente irracional de perdê-lo de vista. Ela fica observando Aidan parar sob o batente da porta entre a entrada e a cozinha, abaixando a cabeça quando uma garota, uma caloura do time feminino de lacrosse, se aproxima para lhe dizer alguma coisa. Clare fica surpresa pela pontada de ciúmes que sente ao ver a cena, e percebe que as coisas serão assim de agora em diante: na semana que vem e no mês que vem e no ano que vem.

Aidan em breve estará oferecendo uma bebida a outra pessoa na Califórnia. Provavelmente outra pessoa alta e loira e insuportavelmente bela, o tipo de garota a quem perguntam se é modelo, mesmo quando está fazendo algo definitivamente incompatível, como mastigando batatas fritas com chili de boca aberta ou assoando o nariz. Em pouco tempo, será a mão de outra pessoa que ele vai segurar enquanto caminham por uma multidão, outra pessoa para quem ele vai contar piadas, contar histórias, abraçado em um canto em mil festas diferentes.

Porque ele não é mais de Clare. E ela não é mais dele.

Aquele pensamento faz algo dentro de Clare se contorcer, faz seus joelhos ficarem meio fracos, e ela se apoia contra o papel de parede azul na entrada da casa.

Ela se força a pensar em outra coisa, longe da Califórnia, em New Hampshire, onde, apesar de tudo que está sentindo no momento, e apesar de como parece um lugar difícil de imaginar agora, é possível que haja outra coisa esperando por ela também.

Pode até mesmo ser alguém melhor — pelo menos na teoria —, alguém que tenha mais a ver com ela do que Aidan: o tipo de cara que guarda uma lista de todos os livros que mal pode esperar para ler; que se interessa por outras coisas que não esportes; que acha brilhante um sistema de calendário codificado por cores.

Afinal, não é como se ela e Aidan já tenham sido perfeitos juntos. Eles nunca sequer foram tão lógicos, de certa forma. Muito provavelmente existe um par melhor para ambos em algum lugar. Então talvez seja simplesmente assim que a história dos dois deva ser. Talvez, como com seus pais, tudo tenha sido apenas um erro que eles precisavam cometer nas respectivas jornadas para encontrar a alma gêmea.

Talvez.

Mas isso não torna nada mais fácil.

Começa outra música, e Clare desencosta da parede, ficando na ponta dos pés e olhando na direção da cozinha. Ela especula se deve procurar Aidan, que ainda não voltou com sua bebida — ou porque está conversando com aquela garota ou porque esqueceu completamente; Clare não tem certeza se quer mesmo saber, quando alguém toca seu cotovelo. Ela se vira e vê uma de suas colegas de turma, Anjali, sorrindo.

— Oi — cumprimenta Anjali, estendendo seu copo para brindar, mas ela o abaixa quando percebe que Clare não está com um. — Quando vai embora?

— Amanhã. E você?

— Só no fim de semana que vem, na verdade. Yale começa mais tarde. Acho que vou ser a última a partir.

Instintivamente, Clare olha para o batente da porta por onde Aidan desapareceu.

— Está animada? — pergunta, forçando sua atenção de volta à garota.

— Demais. Você lembra como jurei que nunca mais estudaria matemática de novo depois de um ano inteiro com o Sr. Mitchell? Bem, acabei entrando em seu programa de economia, então acho que vou ver mais estatística. E você? Já decidiu no que vai se formar?

— Er... a gente só precisa definir no segundo ano — responde Clare, distraidamente, quando alguém esbarra nela. Ela se encosta de volta na parede. — Para minha sorte.

— Yale também, mas tenho a impressão de que a maioria das pessoas já meio sabe o que quer.

— Bem, eu não — confessa Clare, quase animada demais. — Ainda não faço ideia.

— Ah, qual é? — diz Anjali, com um sorriso encorajador. Elas são o mesmo tipo de pessoa, feitas do mesmo molde. Ambas integraram as melhores turmas desde que Clare consegue se lembrar, disputando posições no ranking dos alunos, e trabalharam juntas em incontáveis vendas para caridade, sopões e reuniões do conselho estudantil. As duas passaram todo o ensino médio dando duro e fazendo planos, e agora têm de ir para faculdade e mergulhar fundo em seja lá o que venha em seguida.

Só que Clare ainda não faz ideia do que possa ser.

— Vai ter um milhão de opções — emenda Anjali, mas Clare apenas a encara.

— Eu não sei. — De repente a sala parece quente demais, e ela seca a testa. — Eu não... tudo está meio no ar no momento. Acho...

Anjali a está observa com expectativa.

— Acho que só estou me sentindo meio perdida.

— Ah — diz Anjali, claramente surpresa. — Bem, não tem problema também.

— Se importa se eu...? — Clare hesita e molha os lábios. — Desculpe, eu só...

Anjali dá um passo para o lado para deixá-la passar.

— Claro, sim. Vai lá. Boa sorte com tudo se não nos encontrarmos mais.

O banheiro fica na outra extremidade da casa, e, depois de abrir caminho por um grupo de calouros amontoados, assistindo a um vídeo no telefone de alguém, Clare fica aliviada ao descobrir que este está desocupado. Alguém deixou um copo vazio na pia, e o rolo de papel higiênico está desenrolado no chão de azulejos, mas, fora isso, nada mal para uma festa como aquela.

A ideia era apenas escapar, mas agora Clare percebe que precisa ir embora. Ao terminar, ela joga um pouco de água no rosto e se olha no espelho. São mais ou menos onze e meia, mas parece bem mais tarde, e ela percebe como está exausta. Parece que se passaram milhões de anos desde que ela disse a Aidan que ninguém dormiria aquela noite, que eles só tinham pouco tempo e que precisavam fazer valer a pena. Agora tudo que ela quer é se encolher debaixo das cobertas e dormir.

Quando abre a porta do banheiro, ela leva um susto ao encontrar a entrada da casa quase vazia. Mas há gritos vindo do quintal. Ela passa correndo pela cozinha, onde algumas pessoas — ignorando a comoção — ainda estão sentadas em volta da mesa, jogando cartas, e atravessa a sala de estar até o terraço, onde o restante da festa parece estar agrupado em um círculo de pessoas.

De onde ela está, recuada alguns centímetros, Clare percebe que é uma luta — o barulho surdo de socos, os incentivos e gritos, o barulho das solas de borracha dos tênis —, mas é só quando abre caminho entre a multidão que ela percebe, chocada, que Aidan e Scotty estão brigando.

A cabeça de Aidan está baixa; ele prende a cabeça de Scotty com um dos braços, usando o outro para atingir o amigo. Para Clare, quase parece uma brincadeira, como de hábito, e, por meio segundo, ela se permite acreditar que é o caso. Mas, então, ela vê o rosto de Scotty, vermelho e distorcido, e em seguida o de Aidan, os dentes cerrados e a veia da testa saltada.

Enquanto ela assiste horrorizada, Scotty consegue se soltar, acertando em cheio um soco no rosto de Aidan. O barulho de estalo do golpe, um barulho sólido quase de ossos se quebrando, faz seu coração disparar. Mas Aidan mal reage; ele apenas oscila um pouco e logo em seguida avança novamente, acertando um soco que quebra a haste dos óculos de Scotty.

Ao redor, todos estão berrando, apesar de ser difícil distinguir se os gritos são de incentivo ou de súplica para que parem com aquilo. Clare vê rapidamente o rosto apavorado de Stella do outro lado do círculo, seus olhos brilhando com a luz amarela da cozinha. Então Scotty dá mais um golpe, e, antes que se dê conta, Clare avança na direção dos dois.

— Aidan! — grita ela, chegando por trás, mas ele não responde. Nem a olha. Está ocupado demais cambaleando na direção de Scotty mais uma vez. Só que Clare continua avançando assim mesmo, parando bem atrás de Aidan e lhe agarrando o braço, determinada a pôr um fim naquilo antes que fique ainda pior.

Ele se solta sem sequer olhar na direção da garota, o foco cem por cento em Scotty, e então, na segunda tentativa, Clare — ainda gritando para que ele pare, determinada a ser ouvida, apesar de ele parecer claramente não conseguir ou não estar disposto — passa ambos os braços ao redor de sua cintura em uma espécie de abraço de urso, e, em seguida, o puxa com força.

Seu único pensamento é tirá-lo dali e levá-lo para longe, separá-los antes que um dos dois se machuque seriamente, mas tudo está escuro e embaçado e confuso, e, assim que ela começa a puxá-lo, uma pontada forte de dor explode bem no alto de sua bochecha direita, e ela cai para trás, em choque, as mãos cobrindo o olho.

Durante alguns segundos ninguém reage; Aidan e Scotty interrompem a briga e a observam, e o resto da multidão assiste debilmente, como se tivesse esquecido que não é um filme, é o aqui e agora, e todos são parte disso também. Está tão silencioso que dá para ouvir o cachorro do vizinho latindo para sair de casa, um carro parando na entrada de uma garagem, o som das risadas na sala de estar.

Mas então o momento acaba, e tudo acontece rapidamente.

Antes mesmo de Clare conseguir registrar o que aconteceu — que foi atingida no olho, ou pelo punho de Scotty ou pelo cotovelo de Aidan, é difícil dizer —, Stella está lá, segurando-a pelo braço e arrastando-a na direção da cozinha.

Atrás dela, Clare consegue ouvir uma confusão de vozes apavoradas e excitadas, mas, acima de todas elas, Aidan e Scotty gritam um com o outro.

— Foi *você* — acusa Aidan, sua voz furiosa.

— *Não* fui — rebate Scotty, e, em seguida, algumas pessoas se intrometem, separando os dois mais uma vez.

Quando chegam à cozinha, de onde Andy está expulsando as pessoas, Aidan e Scotty buscam Clare, seus olhos cheios de preocupação ao correrem para o lado da garota, se desculpando vezes e mais vezes.

— Pra trás — vocifera Stella para os dois, guiando Clare até uma cadeira em frente à pesada mesa de madeira ainda repleta de cartas de um jogo abandonado, e ambos obedecem. Aidan vai até o batente da porta bem atrás de Clare, para que ela não consiga vê-lo, e Scotty afunda miseravelmente em uma cadeira a sua frente, removendo timidamente os óculos quebrados.

Clare nota que o olho do rapaz está vermelho e inchado, o lábio, aberto, e, então, se vira para ver se Aidan também está machucado, mas, quando o faz, sente a pontada de dor atrás do próprio olho; Stella põe a mão em seu ombro, estabilizando-a. Clare tenta balbuciar algumas palavras de agradecimento, mas Stella apenas sacode a cabeça.

— Não se mexa! — ordena ela, olhando em seguida para Andy, que está ocupada procurando algo no freezer. — Pode, por favor, andar logo?

— Estou sem ervilhas congeladas — grita ela, parecendo apenas vagamente preocupada com a situação. Ela já deu festas suficientes para ter lidado com praticamente tudo, e essa não foi nem de longa a primeira briga que já aconteceu ali.

— Algum bife? — pergunta Scotty.

— Não — responde Andy, mostrando uma caixa de pizza congelada. — Só isso.

Stella revira os olhos e vai da mesa até a geladeira em três passos largos.

— Só uns cubos de gelo já servem — diz ela, pegando um saco de copos plásticos da bancada e o esvaziando.

Quando ela volta com o saco cheio de gelo, Clare ainda está com uma das mãos pressionada sobre o olho, que parece inchado e lateja, como se sua mão fosse a única coisa mantendo-o no lugar. Toda a lateral de seu rosto está pulsando, e a pálpebra parece grossa e grudenta, mas ela registra isso tudo de uma maneira distante, dormente e desprendida. Ainda está chocada demais para sentir dor.

— Eu não vou ganhar uma? — pergunta Scotty, apontando para o saco de gelo, e Stella o olha feio ao se sentar ao lado de Clare.

— Estou cuidando de sua lambança primeiro.

— Sinto muito — lamenta-se Scotty pela milionésima vez, ainda balançando a cabeça. — Muito, muito, muito. Nós nunca teríamos...

— Aqui — diz Stella, ignorando-o enquanto gentilmente retira a mão de Clare do rosto, substituindo-a pelo saco de gelo, que arde a princípio, mas depois começa a provocar uma sensação maravilhosamente fresca, desacelerando toda a pulsação nascida de algum lugar atrás do olho roxo — Como está?

— Bem — responde Clare, distraída. Ela se vira a fim de encarar Aidan, que está apoiado no batente da porta, as mãos nos bolsos. Ele parece péssimo, e não só por causa do corte abaixo de olho direito, que está aberto e vermelho. — Que diabos vocês dois estavam pensando? — pergunta ela, olhando de volta para Scotty, que está com uma expressão ligeiramente apática.

— Eu não sei — confessa ele, levando dois dedos até o lábio, que voltam cheios de sangue. Ele olha para Andy, que parece perplexa, e pega um guardanapo atrás de si para secar a boca. — Foi uma idiotice...

— Jura? — ironiza Stella, erguendo uma das sobrancelhas.

Aidan dá a volta na mesa para Clare finalmente poder vê-lo com o olho bom.

— Sabe que eu jamais... — começa ele, a voz desesperada e mais grave. Ele esfrega o rosto com as mãos, e ela nota que um das juntas de seus dedos tem um corte. Há sangue em seus dedos. — Sinto muito. Eu só... Me sinto péssimo. — Ele leva uma das mãos ao peito, parecendo agoniado. — Odeio pensar que fizemos...

— Que *você* fez — corrige Scotty do outro lado da mesa, ainda secando a boca com o guardanapo. — Algo que *você* fez.

— Você começou — argumenta Aidan, debilmente.

— De jeito algum, cara! — retruca Scotty, balançando a cabeça. — Eu só estava brincando a respeito de sua irmã. A respeito de quem, a propósito, você precisa relaxar. Mas foi você quem deu o primeiro soco.

Aidan enrijece a mandíbula, mas não diz nada.

— E não fui eu quem acertou você sem querer — continua Scotty, olhando para Clare. — Tenho quase certeza de que foi o cotovelo de Aidan.

— Não é essa a questão — replica Clare, sentindo o olhar de Aidan. Ela baixa o gelo, mas, quando nota a expressão de Stella ao ver seu olho, Clare volta a cobri-lo. — Vocês dois são idiotas por terem brigado.

— É *sim* a questão — insiste Scotty. — Porque todo mundo está sempre me culpando por tudo e eu sou sempre o parafuso solto por aqui. Mas dessa vez não fui eu. Foi seu namorado nervosinho.

Ninguém diz nada, e Clare olha para Aidan, um movimento que exige que ela mova toda a cabeça. O olho esquerdo está tão inchado que está quase fechado agora, mas o resto de seu rosto está completamente pálido, e ele está boquiaberto.

Parece que alguém deu outro soco nele.

Os dois se encaram, ponderando sobre algo invisível para o resto do mundo, e então, finalmente, Clare abaixa a cabeça.

— Não sou mais namorado de Clare — revela Aidan, baixinho, ainda olhando para Clare, que, depois de uma pausa, assente.

— Ele não é mais meu namorado — ecoa ela, mas alguma coisa na maneira como estão dizendo aquilo faz com que não pareça exatamente real.

Ela coloca o saco de gelo já pingando sobre a mesa, espalhando mais algumas cartas, e se força a olhar para Stella, que a encara com olhos arregalados e genuinamente espantada.

— Uau! — exclama ela, piscando algumas vezes. — Estou estupefata.

Clare não consegue conter o sorriso, apesar de aquilo fazer seu olho começar a latejar novamente.

— Viu? E você achou que não usaria essa palavra hoje.

— Não existe outra palavra para descrever.

— Vocês dois terminaram? — pergunta Scotty, olhando de Aidan para Clare e caindo de volta em sua cadeira. — Não achei que fossem realmente fazer isso.

Nem eu, pensa Clare, tentando engolir o nó na garganta.

De seu lado, Stella balança a cabeça, descrente.

— O fim de uma era — comenta ela, um pouco triste, e Clare olha para Aidan, que tenta sorrir apesar do olho dolorido.

— O fim de uma era — repete ele, e, apesar do coração em frangalhos, Clare sorri para ele também.

PARADA #9

O baile
00h02

Mais tarde, depois de o gelo derreter e novos sacos serem providenciados, depois de cortes terem sido limpos e curativos feitos, depois de a cozinha se encher novamente e a festa recomeçar como se nada tivesse acontecido, Aidan e Clare escapam, de fininho, para o terraço vazio.

Quando eles chegam ao local da briga, ambos param. Com a luz vindo da janela da cozinha, eles podem discernir algumas gotas de sangue na laje, e um pedacinho brilhante do óculos quebrado de Scotty.

— Cena do crime — brinca Aidan, levantando o olhar. Stella improvisou um curativo branco feito de esparadrapo e gaze logo abaixo do olho do garoto, de modo que, de certo ângulo, ele quase parece um jogador de futebol, ou um daqueles turistas com uma camada desnecessariamente grossa de protetor solar.

Mas, por baixo daquilo tudo, até mesmo em meio às sombras, Clare pode ver o arrependimento estampado no rosto de Aidan.

Ele coça a nuca.

— Sinto muito mesmo, você sabe.

— Eu sei. De verdade. Mas ainda não entendo. Que diabos aconteceu?

— Eu não sei — admite ele, dando de ombros.

— Isso não pode ser só por causa de sua irmã. Aquilo foi há mais de um ano. E, honestamente, nem foi tão grave assim. Não tem como você ainda sentir raiva...

Aidan faz o melhor que pode para evitar olhar nos olhos de Clare, mas ela se aproxima, segurando-o pelos ombros, forçando-o a encará-la.

— Então com o que está tão chateado?

— Não sei — murmura ele. — Você e eu, acho. Esta noite. Tudo.

— É, mas isso não é motivo para usar Scotty como saco de pancadas. Você estava irritado com ele a noite toda. Por quê?

Aidan se solta, indo até a beira do deque, onde fica parado olhando o jardim.

— Não sei — repete, e, quando Clare se aproxima para ficar a seu lado, ele se senta no primeiro degrau. — Sempre conversávamos sobre a Califórnia. Sobre ir à praia. Sobre aprender a surfar. E agora ele vai ficar aqui.

— É, mas isso não...

— Teria sido tão fácil, sabe? — continua Aidan, desabafando de uma vez agora. — Tudo que ele precisava fazer era ir mais às aulas. Ler um livro de vez em quando. Prestar atenção. Ele não é um idiota. Quero dizer, ele até é... mas não nesse sentido. Tudo que ele precisava ter feito era se esforçar um pouco mais, e poderíamos ter ido embora daqui juntos.

Clare engole com dificuldade, magoada pela verdade naquilo: que ela perdera tanto tempo pensando coisas parecidas a respeito de Aidan e Harvard, sonhando acordada com os dois juntos na Costa Leste. Enquanto, aquele tempo todo, Aidan estava desejando a mesma coisa... só que com Scotty.

— Eu sei lá — continua ele, chutando algumas pedrinhas do terraço e espalhando alguns frutos. — Acho que nem percebi que estava com raiva dele.

— Você não está, não de verdade — diz Clare, o rosto esquentando ao pensar na própria conversa com Stella mais cedo. — Só está triste por partir. E está descontando em Scotty.

Aidan dá de ombros.

— É só que tanta coisa está prestes a mudar. Seria legal se pelo menos uma coisa continuasse igual, sabe?

Clare demora alguns instantes para conseguir responder.

— Eu sei. Mas então...

— O quê?

— Bem, como pode me culpar por toda a história de Harvard?

Ele franze a testa.

— O que quer dizer?

— Você estava preocupado por eu querer que cursasse Harvard. Caso entrasse. E, honestamente, pode ser que tivesse razão. Não sei. Às vezes parece que seria loucura fazer outra coisa que não terminar. Mas outras vezes...

— Não parece tanto.

— Não parece tanto. Parte de mim ainda acha que teria sido legal ficarmos mais perto um do outro.

Aidan se abaixa para pegar um fruto e o quebra.

— Sei que devia ter te contado.

— Tudo bem — diz ela, apesar de não estar... pelo menos ainda não.

— Mas acho que foi porque me senti tão mal com a história de Stanford.

— Eu não ia realmente...

— Eu sei — interrompe Aidan. — Mas mesmo assim. Sentia que a gente meio que tinha um trato, mesmo que de brincadeira. Mesmo que nenhum de nós dois esperasse alguma coisa. Mas eu simplesmente não conseguia. Não conseguia levar adiante aquela inscrição idiota.

— Porque tinha medo de eu querer que você fosse.

— Não — esclarece ele, balançando a cabeça. — Porque tinha medo de *eu* querer ir.

— O quê?!

Aidan dá de ombros.

— Sempre odiei a ideia de Harvard. Óbvio. E você sabe que eu sempre quis ir para a UCLA. Quero dizer, ainda mal consigo acreditar que passei para lá...

— Eu sei, mas...

Ele a interrompe, olhando para o fruto em sua mão.

— Mas eu estava com medo de entrar na UCLA e, ainda assim, escolher Harvard.

— Por quê?

— Porque eu ficaria mais perto de você.

Clare o encara.

— Sério?

— Eu te amo — declara ele, simplesmente, como se fosse aquilo que ela tivesse perguntado. E Clare supõe que, de certa forma, tivesse sido.

— Aidan... — começa ela, sem saber bem o que dizer.

— Acho que agora não importa. Acho que nós dois vamos acabar indo para os lugares certos. Todos nós, na verdade. Talvez até mesmo Scotty. Quem sabe, né?

Ela consegue assentir.

— Quem sabe?

Dentro da casa, alguém aumentou o volume da música, e as pessoas estão saindo e entrando da cozinha, copos levantados, balançando-se no ritmo do som.

Clare olha para o céu estrelado e fecha os olhos.

Quando ela os reabre, Aidan a encara atentamente, o rosto a poucos centímetros do de Clare, como se estivesse prestes a beijá-la. Ela se afasta um pouco, incerta, e ele franze o cenho.

— Você vai ficar com o olho roxo, com certeza.

Clare leva uma das mãos ao rosto, tocando o machucado levemente.

— Você também. Talvez até com os dois.

— É, mas logo nos primeiros dias de faculdade... — geme ele. — Sinto muito. Não acredito que fizemos aquilo.

— Tudo bem — insiste ela, esforçando-se ao máximo para sorrir apesar da pressão no olho inchado. — Vou parecer durona. Ninguém vai se meter comigo.

Aidan ri.

— Ah, é, já vai chegar intimidando.

Atrás dos dois, alguém desliza a porta de tela e, então, com uma explosão de risadas, atira um par de tênis no pátio. Um dos sapatos rola algumas vezes e para bem no meio do casal, e Aidan olha para Clare enrugando o nariz.

— Esse cheiro é de...? — começa ele, e Clare assente.

— Vômito. Definitivamente vômito. — Ela estreita os olhos para o tênis molhado. — Alguma chance de querer dar uma volta ou algo assim?

Aidan se levanta de súbito e estende a mão para ajudá-la a fazer o mesmo.

— Vamos dar o fora daqui.

Na lateral da casa há uma grade de madeira que leva até a rua, ainda repleta de carros — indício certo de uma festa bem-sucedida. Quando eles passam pelo Volvo de Aidan, Clare fica com vontade de entrar, de dizer a ele para ligar o motor e simplesmente dirigir até chegar a algum lugar, qualquer lugar menos Califórnia ou New Hampshire. Mas, em vez disso, eles ignoram o carro, sem dizer nem uma palavra, e continuam a descer a rua sem um rumo em particular.

Já passa da meia-noite, e as luzes da maioria das casas estão apagadas. De vez em quando, notam o brilho de uma TV ligada ou os olhos refletidos de um gato em uma janela, mas, na maior parte do tempo, essa área da cidade já está dormindo, e a quietude é palpável e sonora, um som estático.

— Sinto muito pela lista — confessa Aidan, depois de um tempo caminhando, virando à direita aqui e à esquerda ali, abrindo caminho pela abafada noite da cidade pequena. — Meio que deu tudo errado.

Clare dá de ombros.

— É isso que acontece quando se planeja demais.

— O que pulamos?

O pedaço de papel está em seu bolso, mas ela não o pega.

— Não sei. Era para tomar sorvete. Passar no cinema. Ir ao mirante.

— Mas não eram lugares de primeiras vezes, eram?

— Não, apenas lugares que significaram alguma coisa.

— Sinto muito por não termos conseguido, então — diz Aidan, olhando-a de lado, e as palavras inundam Clare como uma espécie de tristeza gelada. Ela para de andar sem querer e o encara. Quando Aidan se vira, Clare pode ver sua expressão de compreensão, pode ver o brilho em seus olhos quando ele percebe exatamente o que acaba de dizer. — Ah, não foi isso que eu quis dizer.

Clare engole em seco.

— Eu sei.

— Mas eu sinto.

— O quê?

— Sinto muito por não termos conseguido.

— Eu também — diz ela, e então eles recomeçam a caminhada, um pouco mais próximos agora.

— Então, onde era para estarmos neste momento?

A princípio, Clare sente que essa também podia ser uma pergunta mais ampla, de significado mais profundo.

Eles deviam estar em uma ilha deserta.

Eles deviam frequentar a mesma faculdade.

Eles deviam continuar juntos.

Mas, então, ela percebe que Aidan se refere à lista.

— Não sei. Dançando, acho.. Mas já eliminamos isso.

Aidan para de andar e se vira para olhá-la.

— Tenho permissão de ser romântico agora?

— Agora que terminamos?

Ele ri.

— Sim.

Sem esperar por resposta, ele dá um passo à frente, passando os braços pela cintura de Clare, puxando-a para mais perto, e ela automaticamente entrelaça seus dedos em volta do pescoço de Aidan e se aproxima para beijá-lo, como já fizera tantas vezes antes.

Eles não se mexem — não realmente. É mais um abraço que uma dança, os dois parados ali no escuro, juntos, como se tivessem medo de se soltar. Ela sente o cheiro do antisséptico que Stella usou em seu corte, um aroma limpo e cítrico, e, logo abaixo, o shampoo de hortelã que a Sra. Gallagher lhe deu. Clare passa um dos dedos por suas costas, bem entre as omoplatas, e o sente estremecer com o toque. Quando ele se inclina para beijar sua testa, a vontade dela é chorar.

— Lembra daquela noite? — pergunta ela, surpresa ao perceber a própria voz vacilando um pouco. — Não parava de derramar ponche em você mesmo.

Ele abaixa a cabeça, rindo baixinho no ouvido de Clare.

— Eu estava nervoso.

— Você estava uma pilha de nervos.

— Mas uma pilha de nervos encantadora.

— Ficava com o copo na mão enquanto dançava — continua ela, deitando o rosto em seu peito. — Respingava para todo lado. Mas você se recusava a largar a bebida.

— Eu precisava ocupar as mãos — admite ele. — Estava com medo de você perceber como danço mal. Precisava de uma distração.

— Então sacrificou seu terno.

— Foi por uma causa muito boa.

Naquela noite, eles ainda não haviam se tornado nada oficial: apenas duas pessoas que se gostavam, à beira de algo a mais. Mas ela já começava a ver como seria estar com Aidan. Ao redor, tudo parecia lento e previsível, seus colegas de turma passando pelas coisas típicas daquela fase, lidando com as situações excessivamente dramáticas de todo baile de escola: as garotas chorando no banheiro, os casais se pegando nos cantos, os dois grupos de caras prestes a brigar, os veteranos lançando seus olhares mais sedutores.

Mas Aidan... Aidan era *divertido*. Ele dançou a noite inteira perto dela: fazendo moonwalk e break dance, guiando-a em um tango meio duro e a puxando de volta para uma valsa formal e cômica, girando e girando tão rapidamente que ela mal conseguia enxergar direito. Ele estava nervoso e inquieto, mas também rodopiante e imprevisível, os olhos brilhantes e um sorriso deslumbrante... só para ela. Clare ria tanto que mal conseguia acompanhar, e toda hora precisava parar e recuperar o fôlego.

— Tenho dois pés esquerdos — gritou ele por cima da música, o rosto avermelhado com o calor do ginásio. — Mas sei como usá-los.

Havia simplesmente algo a mais em Aidan. Fazia o lugar parecer mais animado e as horas passarem mais rápido. Durante toda aquela noite os dois voaram, e era como mágica, excitante e alegre e vertiginosa.

Mas, mesmo assim, havia uma parte de Clare que desejava que ele desacelerasse. Apenas por um tempo, apenas tempo suficiente para se aninhar a ele, para ficar ali enquanto os minutos passavam, apenas segurando-o no lugar, aquele lugar iluminado no meio de tanto cinza.

E agora, dois anos depois, eles estão finalmente ali: abraçados desse jeito, com a noite se fechando ao redor e o som das batidas do coração do namorado soando alto em seu ouvido.

E, no entanto, ele não é mais dela.

Tudo isso, e a única coisa que significa é adeus.

Os dois ficam assim por um bom tempo, tanto tempo que ela começa a pensar que pode sentir cada minuto escapulindo pelos dedos conforme a noite se desenrola impiedosamente rumo à manhã. Mas, então, Aidan se enrijece abruptamente e a solta, dando um passo para trás.

— Sinto muito — diz ele, e Clare nota a mudança em seus olhos, a súbita lembrança do que são agora um para o outro, ou melhor, do que não são. — Acho que simplesmente não sei como fazer isso ainda.

Clare se sente um pouco instável.

— Fazer o quê?

— Não estarmos juntos.

— Ah, pois é. — Seu telefone faz um barulho dentro da bolsa, e ela olha para baixo e, em seguida, de volta para Aidan. — Provavelmente vai ser muito mais fácil quando estivermos longe.

Há uma expressão de mágoa no rosto machucado de Aidan.

— Sinto muito — lamenta ela, quando seu telefone apita novamente. Ela remexe na bolsa até encontrá-lo. — Não foi isso que eu quis dizer. Só acho que será melhor quando não estivermos juntos. — Ela geme, sacudindo a cabeça. — Sinto muito. Isso também não soou certo.

Ele relaxa o rosto.

— Tudo bem. Ainda somos novos nisso.

— É — diz ela, erguendo a tela acesa do telefone como prova. Os números na tela dizem 00h24. — Só passaram umas duas horas.

— Então ainda temos tempo para praticar — argumenta ele, esfregando as palmas das mãos. — O que devíamos fazer agora? Acho que é tarde demais para voltarmos às coisas que perdemos, mas ainda podíamos tentar o que vem depois na lista... — Aidan para quando percebe que Clare não está escutando. Ela está ocupada demais encarando a longa lista de ligações perdidas e mensagens não lidas em seu telefone. — Clare?

Clare levanta a cabeça, os olhos arregalados.

— Er... a próxima parada não está na lista, na verdade. A não ser que você tenha algum tipo de ficha policial e eu não saiba.

Ele a encara, confuso.

— Ficha?

— Vamos — diz ela, já virando na direção do carro — Precisamos ir à delegacia.

— O quê? — Aidan corre atrás dela. — *Por quê?*

— Porque Scotty foi preso.

PARADA #10

A delegacia de polícia
00h44

Quando Clare entra voando pelas portas da frente da delegacia, a primeira coisa que vê é Stella. Ela está sentada, ombros curvados, em uma das três cadeiras de plástico azul em frente à recepção, fitando sem expressão o chão sujo e roendo uma de suas unhas. E, apesar de já ter passado da meia-noite e de Clare ter de alguma forma entrado na delegacia da cidade pela primeira vez em sua vida, é esse detalhe que a deixa mais chocada.

Stella não rói as unhas. Ela não é uma pessoa com hábitos de ansiedade, porque *nada* a deixa ansiosa. Ela não tem medo e é estável e corajosa. E suas unhas, como todo o resto, estão sempre perfeitas, com esmalte escuro para combinar com as roupas. Então vê-la assim agora é um pouco alarmante.

— Oi — cumprimenta Clare delicadamente, escorregando na cadeira ao lado da da amiga. — Tudo bem? O que está havendo? Onde ele está?

Stella parece surpresa em vê-la, como se já tivesse esquecido que pedira a Clare que fosse até lá. Ela pisca para Clare, abaixa a mão e esfrega a unha detonada.

— Não sei — admite ela, dando de ombros. — Já o tinham levado para a cela quando cheguei, então não o vi. Mas alguém disse que ele deve sair em breve. Então... isso é um bom sinal, né?

Aidan está em pé do outro lado da sala, tentando olhar pela janela atrás da mesa vazia e para dentro da delegacia em busca de qualquer sinal de Scotty. Desistindo, ele finalmente se vira e anda de volta até as duas.

— O que ele fez?

— Eu não sei — repete Stella, o olhar indo de Aidan para Clare. — Estávamos meio que discutindo, eu acho, e ele saiu com raiva da casa de Andy...

Aidan solta um gemido, como se devesse ter previsto aquilo, e então volta a andar de um lado para o outro.

— E então, bem, ele deve ter se perdido ou algo assim...

— Se perdido? — Clare ergue as sobrancelhas.

— Ele dormiu — diz Stella, mordendo o lábio.

— Onde? — perguntam Aidan e Clare exatamente ao mesmo tempo.

— No canteiro de um vizinho. Daí chamaram a polícia.

— Sério? — pergunta Aidan, e Clare percebe que ele está tentando não rir, apesar de se sair terrivelmente mal. Ela aperta os lábios, sentindo-se da mesma forma. Ela não tem certeza do que havia imaginado para que Scotty acabasse na cadeia, mas certamente não era aquilo.

— Eu sei — diz Stella, balançando a cabeça. — Ele é tão idiota. — Mas a maneira como ela diz aquilo, tão carinhosamente, com os olhos acesos, faz Clare olhar para ela mais atentamente. Ao fazer isso, Stella abaixa a cabeça para esconder o fato de que está ficando vermelha.

Stella também não é de ficar vermelha.

Antes que Clare possa dizer qualquer coisa, Aidan franze o cenho.

— Então vão acusá-lo de alguma coisa?

— Não faço ideia. Não me disseram.

Ele olha para Stella de um jeito estranho.

— Espera... Se você não estava com ele, como soube que era para vir aqui?

— Ele tinha direito a um telefonema... — responde ela.

— E ele não ligou para mim? — pergunta Aidan, parecendo confuso, mas, antes que Stella possa responder, a porta ao lado da mesinha é aberta e, pela segunda vez na noite, Clare se surpreende ao ver o rosto alegre e redondo do policial Lerner.

— Oi — cumprimenta ela, se levantando da cadeira num salto, aliviada por não ser algum oficial desconhecido com quem precisarão falar, e sim alguém que de fato conhecem.

O policial Lerner franze a testa ao vê-la, mas ela logo percebe que ele está se lembrando — de quem ela é, do porquê ela está ali —, e ele sorri, batendo duas vezes na prancheta em suas mãos.

— Então nos encontramos mais uma vez. Imagino que seja amiga do jovem Sr. Wright, certo? — Ele baixa o olhar para a papelada e, então, abruptamente, seu olhar volta para o rosto de Clare. — Ei, você está... — pergunta ele, o rosto ficando mais sério ao notar Aidan também. — Você está bem?

— Sim, estou — assegura ela. — De verdade. Foi só... é uma longa história.

Ele se aproxima, a cabeça inclinada de lado.

— Caramba, isso vai estar bem roxo amanhã — comenta ele. — Tem certeza...

— Sim, totalmente bem — insiste ela, tentando disfarçar a impaciência na voz. — Scotty está bem?

Ele tira o quepe e esfrega a careca brilhante no alto de sua cabeça. Em seguida o rosto fica ligeiramente corado, e Clare tem a impressão de que ele está tentando não rir.

— Sim, ele está bem. Tivemos uma boa conversinha sobre limites e responsabilidades e invasão de propriedade alheia e beber quando se é menor de idade. Mas, considerando que foi sua primeira vez, que é a última noite de todo mundo na cidade, e que ele não causou problemas de verdade, chegamos à conclusão de que uma advertência seria suficiente.

— Ótimo — diz Stella, já mais calma. — Isso significa... Ele vai poder sair amanhã?

— Ah, sim — assegura Lerner, rindo um pouco. — Ele vai sair em um minutinho. Ele só está... se limpando um pouco.

— Se limpando? — pergunta Aidan, parecendo confuso.

— É. Fiquem de olho nele de agora em diante, ok? — sugere o policial com uma piscadela ao abrir a porta atrás de si. — E não se metam em mais encrenca esta noite, entenderam? Amanhã é um novo começo. Vão querer começar com o pé direito. — Ele recoloca o quepe e dá um breve aceno. — Boa sorte com tudo.

Quando ele sai, os três amigos se entreolham, intrigados. Clare está prestes a dizer alguma coisa a Stella, mas então a porta se abre rapidamente de novo e, dessa vez, aparece um policial mais jovem, sorrindo e balançando cabeça.

Scotty está logo atrás, e, quando entra no saguão, para e faz uma reverência.

— Senhoritas — cumprimenta ele, olhando de Stella para Clare, e, em seguida, para Aidan. — Senhor.

Todos o encaram em silêncio, boquiabertos. Scotty deve ter perdido a camiseta em algum lugar, pois está parado ali, usando apenas o jeans de cós baixo que deixa entrever a cueca samba-canção xadrez, o peito magro e nu completamente coberto de digitais pretas. Na lateral de seu rosto, há um quadrado preto que vai do canto da boca até o lugar onde um hematoma começa a se formar debaixo do olho, como se ele tivesse dado de cara numa almofada de carimbo. Ele parece saído de um livro infantil ou de uma história de terror, como um pedaço de queijo suíço, ou talvez alguma espécie de animal pintado e insano.

— Mas que diabos? — pergunta Aidan, ainda boquiaberto.

O policial agora está gargalhando.

— Ele ficou desapontado por tirarmos impressões digitais com um scanner agora.

— Então encontrei a almofada de carimbo numa das mesas — explica Scotty, orgulhoso.

— Não me diga! — Clare tenta segurar o riso.

— Da próxima vez — diz o policial —, talvez devesse pensar duas vezes antes de roubar alguma coisa de uma delegacia de polícia.

Scotty se vira e o saúda.

—*Aye, aye*, capitão.

— Já expliquei a você que não sou capitão — lembra o homem, revirando os olhos. Ele olha para o resto do grupo. — Vão levá-lo para casa?

Aidan confirma com a cabeça.

— Agradecemos pela compreensão. De verdade.

— Essa tinta não vai sair tão cedo — informa o homem, com uma risadinha. — Acho que já é punição suficiente.

Stella ainda não disse uma palavra. Está parada ali, encarando aquela versão cambaleante, gaguejante e pintada de Scotty. Mas, assim que o policial sai e estão só os quatro na sala vazia, ela dá um passo à frente, fuzilando-o com o olhar.

— Você podia ter sido preso — diz ela, cutucando-o com força. — Podia ter sido acusado de alguma coisa.

Scotty levanta ambas as mãos, sujas de preto.

— É, mas não fui.

— Sei que esta noite está sendo difícil para você — continua ela, baixinho —, mas não pode mais fazer esse tipo de coisa. Simplesmente não pode. Não vamos estar por aqui para consertar as coisas depois de hoje, então está na hora de crescer. Entende isso, não entende?

O sorriso no rosto de Scotty se esvai.

— Ei — rebate ele, em um tom de voz mais apaziguador, mas Stella não está escutando. Ela já deu meia-volta e está saindo do prédio, deixando a porta bater com força atrás de si ao desaparecer no estacionamento escuro.

Seguem-se alguns segundos de silêncio, e, quando Clare olha para Scotty, vê que seus braços parecem moles. Seus óculos quebrados estão equilibrados num ângulo esquisito sobre o nariz, e que ele tem uma expressão magoada no rosto machucado e sujo de tinta. Ela suspira.

— Eu vou atrás dela — avisa ela. — Só me dê um minuto.

Lá fora, Stella já atravessou metade do estacionamento, ainda com o chão escorregadio por causa da chuva de mais cedo. Quando Clare a alcança, Stella está ofegando.

— Ei! — chama Clare, segurando o braço da amiga, e Stella se vira. — Por que está tão zangada? É só Scotty. Ele faz essas coisas...

Stella a olha com frieza.

— Achei que já estava farta de se preocupar comigo.

— Eu nunca disse isso. Só falei que não posso mais precisar tanto de você.

— Dá no mesmo.

— Na verdade não dá, não. E eu não estava querendo parecer má. É só que... Sei lá. Você claramente não quer mais agir como minha amiga, então o que mais devo fazer?

— Meu Deus, você está fazendo de novo — desabafa Stella, jogando a cabeça para trás e grunhindo. — Agora mesmo. Veio aqui ver por que estou chateada, e agora está falando sobre si mesma novamente.

Clare franze o cenho.

— O quê?

— Já pensou na possibilidade de que nem tudo é sobre você? — pergunta Stella, aproximando-se. — De que, talvez, um grande e dramático adeus entre Clare Rafferty e Aidan Gallagher não seja a única coisa acontecendo hoje?

— Isso não é justo.

— Sinto muito por você passar por isso — diz Stella, dando de ombros. — Sinto mesmo. Mas também estou tão cansada de conversar sobre você e Aidan terminarem ou não, e quem quer o quê, e por quê. É exaustivo.

— Bem — responde Clare, olhando-a com raiva agora —, nós já terminamos, então acho que está livre disso.

A expressão no rosto de Stella se suaviza ligeiramente.

— Eu sei. E sinto muito. Mas é o que você queria, e vocês dois parecem estar lidando bem com isso, então não sei o que mais quer de mim.

— Não quero nada de você.

— E, no entanto, está tão ocupada se preocupando com o fato de eu não estar prestando atenção suficiente em você que nem sequer perguntou sobre *mim*.

Clare joga as mãos para o alto.

— Não estou entendendo. Você está zangada porque Scotty foi para a delegacia, o que não faz sentido algum. Quero dizer... você sabe como ele é. Ele parece um dálmata bêbado. O que esperava?

Para sua surpresa, Stella ri daquilo.

— O quê? — pergunta Clare, pisoteando o asfalto com a ponta do sapato.

— Nada. É só que eu estava pensando em como você parece um panda com o olho assim. E Aidan também.

Clare se permite sorrir ligeiramente.

— Acho que estamos todos meio acabados esta noite.

As duas ficam em silêncio por um tempo, olhando para os próprios pés. Um carro para no estacionamento, os faróis passando por elas, iluminando os rostos brevemente antes de deixá-las uma vez mais em meio ao breu.

— Ainda não entendo — confessa Clare, depois de um instante.

Stella a olha com seriedade.

— Então pergunte.

— Perguntar o quê?

— Pergunte por que estou chateada. Pergunte por que tenho andado tão ocupada. Pergunte por que as coisas parecem tão diferentes ultimamente.

— Eu perguntei isso a noite toda.

— Não. Você me perguntou por que estou tão ocupada para *você*. Por que não tenho estado aqui para *você*. Nem uma vez perguntou por onde tenho andado.

— Tudo bem — diz ela, um pouco impaciente. — Então por onde tem andado?

Stella hesita e, em seguida, suspira.

— Esquece.

— Não, eu quero saber — insiste Clare, mas Stella se distrai pela batida de uma porta de metal, que ecoa pelo estacionamento. As duas olham para trás, e veem os garotos saindo da delegacia. Scotty está usando a camisa de botão de Aidan, mas aberta, de modo que a palidez de sua pele se destaca contra as manchas de tinta, e Aidan vem logo atrás, vestindo apenas uma camiseta branca um pouco apertada demais. Eles fazem uma dupla ridícula, andando na direção das garotas com sorrisos idênticos.

Quando eles alcançam Clare e Stella, Scotty mostra um marca-texto preto, que também deve ter roubado, erguendo-o na frente do rosto, como se fosse um troféu.

— Olhem! — exclama ele, rindo. — Sou um tabuleiro de jogo humano. Quem quer brincar de ligue os pontos?

Aidan arranca o marca-texto da mão do amigo, escondendo-o atrás das costas.

— Não vamos piorar as coisas — diz ele, e Stella revira os olhos. Ela olha para cada um de cada vez: Scotty com suas manchas de tinta, Aidan com um esparadrapo branco na bochecha, Clare de olho inchado, e sacode a cabeça.

— Tenho quase certeza — diz ela, dando as costas para andar na direção do carro — de que não temos como piorar as coisas.

PARADA #11

A casa dos Wright
01h24

Na casa de Scotty, todas as luzes do segundo andar estão apagadas, o que significa que seus pais já foram dormir. Isso normalmente não é problema. Ao longo dos anos, os quatro amigos aperfeiçoaram a arte de entrar de fininho durante a madrugada: na ponta dos pés, sussurrando e passando pela cozinha, onde normalmente pegam algum lanche, seguindo para o terraço, onde espalham as cadeiras de jardim em círculo e deixam o relógio girar até o toque de recolher.

Mas naquela noite Scotty ainda está agitado pelo encontro com a lei, e, quando eles entram na cozinha silenciosa, ele tropeça em um dos bancos, cambaleando por alguns passos até se apoiar no escorredor de pratos. A coisa toda chacoalha e ressoa, os pratos e vidros delicados tremendo, e todos seguram a respiração até o barulho cessar.

— Opa — cochicha Scotty, depois de eles terem certeza de que seus pais não acordaram.

— Talvez eu deva fazer um pouco de café — sugere Aidan, e Stella ergue o polegar em aprovação enquanto guia Scotty para fora da cozinha com a ajuda de Clare.

No banheiro, elas abaixam a tampa da privada, sentam Scotty ali e analisam o estrago na testa franzida. Ele olha de uma para a outra, subindo o óculos pelo nariz repetidas vezes, apenas para que este imediatamente deslize para a ponta de novo.

— Não sei se sabonete vai dar conta — diz Stella finalmente, e Clare assente de onde está apoiada na pia, tentando o máximo que pode evitar o espelho gigante acima. Ela ainda não está exatamente pronta para ver o estrago no próprio rosto.

— Acho que precisamos de água oxigenada ou algo assim.

— Água oxigenada? — repete Scotty, parecendo preocupado.

— O que mais se usa para limpar esse tipo de coisa? — pergunta Stella, tamborilando no queixo. — Álcool? Acetona?

Scotty fica encarando as próprias palmas das mãos escurecidas, abrindo bem os dedos.

— Talvez sumam sozinhas — sugere ele, esperançoso. — Aposto que até de manhã já terão sumido.

— Desculpe, amigo — diz Clare, balançando a cabeça. — Mas acho que você vai passar alguns dias bem estranhos com essas manchas.

Scotty esconde o rosto entre as mãos com um grunhido.

— Para não mencionar o olho roxo — acrescenta Stella alegremente. — Todas as garotas de sua faculdade provavelmente vão fugir aos berros.

— E detergente? — sugere Clare.

Scotty bate as palmas das mãos manchadas.

— Brilhante. Não é isso que usam em animais nos vazamentos de óleo?

— Você está realmente comparando sua louca jornada de pintura ao drama de uma foca bebê? — pergunta Stella, com uma das sobrancelhas erguidas, e Scotty lhe faz uma careta.

É rápido, tão rápido que Clare não teria notado se tivesse desviado o olhar por um segundo sequer, mas há alguma coisa naquela troca, naquele momento entre eles — por mais bobo que tenha sido — que parece quase elétrico. Eles se olham por um pouquinho de tempo a mais que o normal, e, então, com um sorriso bobo, Scotty dá meia-volta e sai em busca do sabão.

Assim que ele sai, Clare arregala os olhos para Stella.

— É isso! — exclama ela, tentando manter a surpresa escondida.

— O quê, detergente?

— Não. Você e Scotty.

Stella para — só por um instante — de dobrar uma toalha, as pontas ainda perfeitamente alinhadas.

— Scotty — responde ela, desdenhosamente — é um idiota.

— É — concorda Clare, agora sorrindo. — Mas ele é seu idiota.

Stella pendura a toalha cuidadosamente na barra prateada perto da pia e, então, se vira com uma expressão cuidadosa.

— Está bem, desembuche logo — pede Stella, com um tom desafiador na voz.

— Desembuchar o quê?

— É sobre Scotty que estamos falando. Você deve ter algum tipo de opinião.

Clare hesita.

— Acho que é... ótimo.

— Você acha — diz Stella sem entonação. Não foi uma pergunta.

— Eu acho. Quero dizer... Estou surpresa, claro! Precisa me dar um minuto para me acostumar à ideia.

Stella apoia as mãos na pia, balançando-se para a frente e para trás.

— É por isso que eu não queria te contar.

— O quê? Não. Qual é? Eu acho ótimo!

— Você já falou isso.

— Há quanto tempo está rolando?

Stella se endireita novamente.

— Algumas semanas. Talvez um mês.

— Uau! — exclama Clare, sem conseguir mais esconder o espanto. — E ninguém sabe?

— Não. — Stella sorri levemente. — Acontece que ele nem sempre é tão linguarudo.

Um barulho vem do corredor, e as duas congelam, esperando escutar passos. Mas quando tudo volta a ficar quieto, Clare vai até a pia.

— Você e Scotty — diz ela, ainda se acostumando à ideia.

— Não é *tão* louco assim, é? — pergunta Stella, distraidamente pegando uma toalha de papel. Ela começa a picá-la em pedacinhos, que flutuam como folhas até o chão de ladrilhos.

Aquilo é quase tão chocante quanto descobrir a respeito dos dois: Stella — que nunca se importa com a opinião alheia — está ansiosa pela aprovação de Clare.

— Você gosta mesmo dele — constata ela, começando a entender que isso é mais do que parece, que talvez vá além do que possa parecer.

Stella larga o último pedacinho de papel-toalha e, em seguida, limpa as mãos na calça jeans.

— Eu não sei — responde ela, sem conseguir encarar Clare.

— Gosta — insiste Clare de forma doce. — Dá para perceber. E não acho nada louco.

Stella solta uma risada rouca.

— É um pouco louco — admite. — Mas tem alguma coisa nele. Temos brigado há tantos anos, e eu meio que esqueci sobre o quê. E ele é engraçado, sabe? Quero dizer, ele também me deixa louca, mas...

— Mas você gosta dele.

Ela dá de ombros, perdida.

— Gosto dele.

Clare se aproxima, dando um tapinha na bancada, e Stella se senta a seu lado para que as duas balancem os pés em sintonia, quicando-os no armário abaixo.

— Sei que tenho sido uma babaca egoísta ultimamente — admite ela, aliviada ao ver Stella sorrir com aquilo. — Mas queria que você tivesse me contado.

— Eu sei. — Stella olha para as mãos cruzadas no colo. — É só que... Se não podemos nem contar uma à outra as coisas mais importantes agora, enquanto estamos aqui juntas, como vamos sobreviver à distância?

— Eu sei. Acho que só queria ver no que ia dar. Não percebi que se transformaria em algo mais que apenas diversão, mas então se transformou, e eu não sabia como todo mundo reagiria. Especialmente você e Aidan.

— Bem, Aidan provavelmente vai se sentir aliviado por não ser Riley.

Stella ri.

— Bem lembrado.

— E eu, na verdade, gosto muito da ideia de vocês dois juntos — continua Clare, se encostando levemente em Stella. — Acho meio que perfeito. Embora seja apenas minha opinião.

— Sua opinião vale muito. — A porta se abre novamente, e Scotty aparece segurando uma garrafa de detergente verde pela metade.

— O quê? — pergunta ele, quando as duas se calam abruptamente. Ele leva uma das mãos à mancha na bochecha com um suspiro. — Não é possível que tenha piorado...

— Tudo bem — diz Stella, deslizando da bancada e pegando o sabão de sua mão. — Continua parecendo uma tatuagem tenebrosa. Senta aí. Vamos ao trabalho.

Dez minutos, duas toalhas, um rolo de papel higiênico, meia garrafa de sabão e muita esfregação depois, elas desistem. A tinta prova ser ainda mais teimosa que Scotty, e todos os esforços mal fazem efeito. Ele ainda tem digitais pretas por todo o corpo, para não mencionar o quadrado no rosto inchado.

— Está bem — consola-se Scotty, miseravelmente. — Quando for conhecer meus novos amigos, vou dizer que minha mãe é uma joaninha e meu pai um leopardo.

Na cozinha, Aidan está servindo xícaras de café quente, que eles aceitam com gratidão — e dedos murchos de tanto sabão e água —, e, em seguida, todos saem da casa para o ar fresco e parado, onde os vaga-lumes brilham.

— Então — começa Scotty, assim que estão sentados nas cadeiras de plástico, que levaram até a ponta do terraço para não acordar a casa —, tenho uma teoria.

Aidan ergue as sobrancelhas.

— Sim?

— Acho que pode ser, *pode ser*, que eu esteja tendo mais dificuldade em lidar com essa coisa de ser deixado para trás do que pensava.

Stella ri.

— Será mesmo?

— Efeitos colaterais incluem brigas espontâneas e severas manchas no rosto — diz ele, com um sorriso tímido.

Ao lado de Clare, Aidan pigarreia.

— Eu acho... — começa ele, parando em seguida e coçando o queixo, claramente pensando no próprio pedido de desculpas. Por fim, ele levanta o olhar e sustenta o de Scotty. — Acho que eu posso estar tendo mais dificuldade do que achei que teria também. Com toda essa coisa de você ficar para trás.

Scotty sorri pesarosamente.

— Sei que não era para ser assim.

— É — concorda Aidan. — Mas fui meio que um babaca em relação a tudo.

— Meio? — ironiza Scotty, indicando o lábio inchado.

— Ok, fui muito babaca.

— Não mais que o normal — provoca Scotty, com um sorriso largo, dando de ombros em seguida. — Todo mundo sempre soube que seria difícil, certo? Mesmo que estivéssemos todos na mesma faculdade no próximo ano, tudo ainda seria diferente, e isso é uma droga. Mas também é meio que o objetivo, eu acho. Novos começos e tal...

Um silêncio recai sobre todos, e Clare encara os sarrafos do terraço, sabendo que Scotty tem razão. É hora de seguir adiante, e, quanto mais tempo eles passarem desejando que não fosse assim, mais difícil será deixar tudo para trás.

— Mas ainda odeio o fato de estarem todos indo embora — continua Scotty. — Sério. É a pior coisa. E vocês são as piores pessoas por fazerem isso.

Clare ergue sua caneca.

— Vamos sentir sua falta também — admite ela, e todos repetem o gesto.

— Saúde — diz Aidan. — A nós.

— A nós — ecoa Stella.

— Mas principalmente a mim — diz Scotty, interrompendo o momento, e, quando todos o olham com expressões de cansaço, ele dá de ombros. — O quê? Eu que fiquei encalhado aqui. Acho que todos podemos concordar que sou eu que preciso de mais saúde que todo mundo.

Stella cruza e descruza as pernas, estudando o rosto de Scotty com diversão.

— Seus pais vão *surtar* quando te verem amanhã.

— Vou dizer que foi você — brinca ele, mas Stella apenas revira os olhos.

— Não pode ser pior que aquela vez que roubamos os charutos de seu pai — comenta Aidan. — Lembram? Fumamos aqui mesmo...

— Esquecemos de levar o resto lá pra dentro e caiu aquele temporal catastrófico — relembra Clare. — Os charutos ficaram totalmente estragados.

— É, meu pai ficou bem irado — comenta Scotty. — Apesar de não ter sido tão ruim quanto aquela vez que Aidan e eu deixamos o teto solar do carro aberto.

— Por quê, choveu? — pergunta Stella, e Scotty sacode a cabeça.

— Nevou.

— Por que, em nome de Deus, vocês deixariam o teto solar aberto na...

— Porque — interrompe Aidan, os olhos brilhando — Scotty queria tentar pegar um floco de neve com a língua enquanto dirigia.

Depois daquilo, mais histórias vêm à tona, pontuadas por gargalhadas e interrompidas apenas pelas ocasionais provocações. Acima deles, as estrelas brilham firmes no céu escuro, e os minutos continuam a passar enquanto os quatro ficam sentados ali, trocando lembranças e lutando contra o sono, esperando que possa ser o suficiente para evitar a chegada da manhã.

Apenas mais tarde, quando todos voltam a se calar, quando todo o café acaba e as xícaras se esvaziam, Stella se levanta de sua cadeira de plástico, esforçando-se para ficar de pé com um bocejo.

— Acho que preciso de mais cafeína — diz ela, se espreguiçando, e Clare se oferece para ajudar.

Na cozinha, Stella despeja o último dedo de café frio na pia e pega mais pó na prateleira. Há algo tão natural na maneira com que ela se move pela cozinha, indo de armário em armário, gaveta em gaveta, que fica claro que ela tem passado bastante tempo ali.

— Então, você está bem? — pergunta Stella, pegando um filtro de papel.

Clare dá de ombros.

— Meio cansada, mas sei que um pouco de café vai ajudar.

— Não, estou falando em relação a Aidan.

— Achei que não queria mais falar nesse assunto.

Stella olha por cima do ombro com uma expressão de impaciência.

— Claro que quero. Eu só estava chateada antes. Então falei algumas coisas. E você também. Mas vai demorar um tempo até nos vermos novamente, e não quero que as coisas fiquem assim. Então me conte. Você está bem?

— Não sei ainda — confessa Clare, se apoiando contra a bancada. — Pareço bem?

— Além do olho?

Clare aperta um dedo contra seu rosto e estremece.

— Por um instante me esqueci disso.

— Bem, não vai ajudar a esquecer Aidan.

— Acho que na verdade foi Scotty que me acertou.

— Então acho que não vai ajudar a esquecê-lo também. — Ela aperta o botão de ligar da cafeteira e se vira para Clare. — Para mim não vai, de qualquer maneira.

— Precisa mesmo? — pergunta Clare. — Quero dizer... Você não pode apenas...

— Ver no que dá? — completa Stella, fazendo uma careta para Clare. — Qual é? Isso vindo da garota que armou uma caça ao tesouro para decidir o destino do próprio relacionamento.

— Não era uma caça ao tesouro. Por que todo mundo fica repetindo isso?

— Que seja. A questão é... você precisa de uma resposta porque está indo embora amanhã. — Ela olha para o relógio. — Hoje. Está indo embora hoje. E eu também.

— É, mas se gosta mesmo dele...

— Qual é, Clare? — repete Stella, limpando as mãos no pano de prato. — Escute bem o que está dizendo. Por que seria diferente para nós? Você e Aidan estavam juntos desde sempre. Com Scotty foi só um lance de verão. Nunca teve futuro.

— Mas você quer que dure?

Stella joga a cabeça para trás, olhando o teto.

— Não tenho certeza. Mas existem muitas outras possibilidades além de *ficar juntos* e *terminar*, sabe? Nem tudo precisa ser tão preto no branco.

— Vindo da garota que só usa preto.

Stella ri.

— Você entendeu.

O cheiro de café, amargo e quente, toma conta da cozinha quando a bebida começa a ficar pronta, e Clare fecha os olhos, inspirando profundamente. Ela pensa, por um instante, em todas as coisas que os pais têm lhe dito aquele verão.

Em como a faculdade é o primeiro capítulo do resto de sua vida. O começo de tudo. O lugar onde você faz amigos para a vida toda.

Clare compreende que devia sentir-se reconfortada. Eles só estão tentando demonstrar entusiasmo, assegurando-a de que o melhor ainda está por vir. Mas parecem deixar implícito que tudo o que ela fez até agora não foi importante. Todos aqueles anos, todas aquelas lembranças — nada daquilo realmente conta. Como se tudo fosse simplesmente desaparecer atrás de Clare, como um rastro de migalhas de pão. E só ela sabe a verdade: que sem isso, ela estará perdida.

Além do mais, ela já tem uma amiga para a vida toda, e é difícil imaginar uma qualificação melhor para esse título que alguém que você conhece desde sempre.

Ela abre os olhos.

— Vou sentir falta disto.

Stella a olha de um jeito estranho.

— De fazer café na cozinha do Scotty? Tenho quase certeza de que nunca fizemos isto antes.

— Não. De você.

— Você vai ficar bem. Nós duas vamos. Todo mundo diz que se faz amigos rapidamente na faculdade.

— Sei lá — diz Clare. — Acho que prefiro fazer amigos devagar.

Stella sorri.

— Eu também.

— É melhor isso não ser piada comigo — diz Scotty, abrindo a porta de tela, e, quando seu olhar recai sobre Stella, ele para. Observando a troca de olhar entre os dois,

Clare se pergunta como não percebeu essa nova proximidade antes. Tem algo reconfortante naquilo, algo que simplesmente parece encaixar.

— Vou deixar vocês terminarem aqui — avisa ela, sorrindo para Stella ao passar por Scotty, e saindo antes que um dos dois possa protestar.

Lá fora, ela afasta os mosquitos enquanto atravessa o terraço, e encontra Aidan dormindo em uma das espreguiçadeiras, a cabeça jogada para o lado. Ela se senta silenciosamente na *chaise* mais próxima, deitando-se de lado; então, quando Aidan abre os olhos, é seu rosto que ele nota a poucos centímetros.

— Nada de dormir, lembra? — comenta ela, sorrindo.

Ele se senta, ainda sonolento.

— Por que está assim?

— Assim como? — pergunta Clare, apontando em seguida para o próprio olho com um sorriso. — Ah, isso? Provavelmente porque você me deu um soco no rosto.

— Não assim — responde ele, olhando-a com cansaço enquanto põe os pés de volta no chão. — Por que parece tão... feliz?

— Não sei — confessa ela. — Acho que só senti saudades suas.

Ele franze o cenho.

— Quanto tempo dormi?

— Não muito.

Acima, um avião cruza o céu, e os dois o acompanham com o olhar, uma pequena bolinha de luz atravessando as nuvens, finas e cinzentas contra o preto da noite. Clare se senta de frente para Aidan, de modo que seus joelhos se tocam no espaço entre as cadeiras.

— Então isso estava na lista?

Ela assente.

— Consegue adivinhar por quê?

— Primeira vez que abri uma porta para você?

Clare balança a cabeça negativamente.

— Primeira vez que ficamos brincamos com nossos pés debaixo da mesa? — pergunta ele, cutucando a sandália da garota com o pé.

— Não.

— Primeira vez que te paguei um drinque?

— Muito engraçado.

— Primeira vez que... espirrei em você?

Ela ri.

— Talvez.

— Primeira vez que me viu vomitar?

— Provavelmente.

— Primeira vez que te fiz tropeçar sem querer andando atrás de você.

— Uau! Nunca percebi como você é desastrado.

— Pare de me bajular — diz Aidan, rindo, e, então, ele aponta a enorme castanheira que forma um dossel do outro lado do terraço. — Já sei. Primeira vez que vimos aquela coruja usando óculos lá em cima.

— Ela nunca usou óculos, seu palhaço. Só parecia que usava de tão escuro que estava.

— Tenho quase certeza de que vi um par de óculos. Mas acredite no que quiser.

— Sempre acredito — admite Clare, enquanto Aidan se joga de volta na cadeira.

— Ok, desisto. Conte logo.

Clare sorri.

— Foi a primeira vez que passamos a noite toda conversando.

— Ah, é. — Aidan se senta.

— Se lembra de como perdemos totalmente a noção do tempo?

— E nós dois chegamos em casa depois do horário.

— É, mas valeu a pena.

Aidan olha para o céu.

— Consegue acreditar que existiu uma época quando havia tanto que não sabíamos um do outro para preencher uma noite inteira?

Clare franze o cenho.

— Como assim?

— Só que... passar uma noite inteira conversando com alguém é meio que importante. Ainda tínhamos tanto a aprender a respeito um do outro na época.

— Não acha que ainda temos coisas para aprender?

— Não como no começo — confessa ele, afastando um inseto. — Não como naquele dia. Mas é uma coisa boa. Você me conhece melhor que qualquer pessoa já me conheceu. Na verdade é meio louco pensar nisso. — Seus olhos procuram os de Clare na escuridão. — É difícil imaginar mais alguém me conhecendo tão bem assim.

— Mas é essa a questão — argumenta Clare, afastando o rosto. — Alguém vai. Então, vai parecer loucura um dia ter pensado que ninguém jamais o conheceria tão bem quanto uma garota aleatória que você namorou no ensino médio.

Ele sorri tristemente.

— Você jamais será *uma garota aleatória que namorei no ensino médio*, sabe disso. Não importa o que, mesmo que nunca mais nos falemos, você faz parte de minha história agora. Uma parte grande. E eu sou parte da sua. Não há como mudar isso.

— É, mas e se for verdade o que todo mundo tem dito?

Aidan a olha intrigado.

— Que nossas vidas até agora foram apenas o começo — explica Clare. — E se um dia olharmos para trás e isso tudo for só uma vaga lembrança? E se eu e você, e tudo isso... e se *não* for uma parte grande de nossa história? E se for apenas o prólogo?

— Ah, qual é! — explode Aidan. — O prólogo é a melhor parte. Todo mundo sabe disso.

— Talvez.

— E nós dois? A gente já chegou *no mínimo* ao quarto capítulo a esta altura.

Só esta noite já foi um capítulo inteiro.

— Você acha?

— Para mim, pelo menos.

— Para mim também — concorda Clare, e, sem pensar muito, ela pega a mão de Aidan. Ele aperta seus dedos em resposta, e os dois ficam assim, sentados, imóveis em suas espreguiçadeiras, os dedos entrelaçados balançando entre os dois.

— Sabe por que escolhi Stanford? — pergunta ela, baixinho, e Aidan levanta o queixo. — Porque sabia que jamais seria escolhida.

Ele franze o cenho, confuso.

— Se eu tentasse alguma escola mais fácil na Costa Oeste, tinha medo de que ficasse tentada a ir para lá.

O sorriso de Aidan demora a surgir.

— Sabe qual a parte mais ridícula disso tudo? Stanford na verdade não fica nem perto da Universidade da Califórnia. E Harvard também não é tão perto assim de Dartmouth.

— Então está dizendo que não seria uma boa ideia eu cursar geografia?

Ele ri.

— Estou dizendo que ainda precisaríamos dirigir horas para nos vermos. Ainda teria sido uma enorme mudança. E ainda teria sido bem difícil.

— Fico feliz por termos optado pela faculdade que queríamos — confessa Clare, largando a mão de Aidan. — Acho que é como as coisas devem ser, sabe?

— Sei — responde ele, em meio a um bocejo, e Clare percebe que os próprios olhos também estão pesados de sono.

— Café — diz ela, olhando de volta para a casa. — O que aconteceu com aquele café?

— É, o atendimento aqui é péssimo — brinca Aidan, levantando-se. Mas, quando olha para a janela da cozinha, ele congela. — *Não pode ser!* — exclama, ficando de queixo caído por um segundo antes de explodir em gargalhadas.

— O quê? — pergunta Clare, meio sonolenta. Mas, antes mesmo de flagrar Scotty e Stella aos beijos, ela se dá conta do que deve ser.

— Está vendo isso? — pergunta Aidan, balançando a cabeça com descrença. Quando ele se vira e vê que Clare não parece surpresa, ele a encara. — Você já sabia?

— Acabei de descobrir.

— Cara — começa ele, com um sorriso, batendo no ombro de Clare de brincadeira. — É para você me contar essas coisas. Como isso aconteceu? Há quanto tempo?

— Semanas. É totalmente louco. Não faço ideia de como começou. Vou precisar de mais detalhes em algum momento.

Aidan balança a cabeça, maravilhado.

— Scotty e Stella. Por *essa* eu não esperava.

Os dois olham novamente para a janela, para onde seus amigos, agora não mais se beijando, estão de cabeças coladas, parecendo felizes, mais felizes do que Clare se lembra de os ter visto em um bom tempo.

— De um jeito estranho — diz ela —, acho que faz todo o sentido.

— É? — pergunta Aidan, claramente ainda tentando se inteirar. — É só um romance? Ou tem mais coisa aí?

— Acho que eles ainda não sabem.

— Talvez não precisem — opina ele, o olhar ainda fixo na janela.

— É, mas Stella vai embora amanhã. Eles vão estar a *mil* quilômetros um do outro. Como poderia dar certo?

— Não sei. Talvez eles simplesmente paguem pra ver.

— Mas isso é loucura.

— Não mais que uma coruja usando óculos.

— Isso é bem mais louco — diz ela, apesar de estar sorrindo.

Quando eles voltam a olhar para a janela, não veem mais Scotty e Stella. Clare encara o espaço vazio onde os dois estavam instantes antes, e respira fundo antes de encarar Aidan.

— Talvez você tenha razão. Talvez eles consigam dar um jeito.

Ele passa um dos braços em volta de seu ombro, e o peso familiar daquilo parece ancorá-la bem ali, no terraço, no exato lugar onde uma vez ele abriu uma porta para ela, e onde brincaram com os pés um do outro; o lugar onde ele a fez tropeçar, e espirrou nela, e onde ela o viu vomitar; o lugar onde viram uma coruja que podia ou não estar usando óculos, e onde uma vez passaram uma noite inteira se conhecendo.

— Talvez esse seja apenas o começo para eles — sugere ela, e Aidan sorri.

— Como falei... O prólogo é a melhor parte.

PARADA #12

O porão

02h33

Na entrada da garagem de Scotty, eles ficam em círculo, sentindo todo o peso do momento. Chegou a hora do adeus, mas as palavras parecem escapar.

Uma brisa atravessa os galhos das árvores debruçados sobre a casa, e algumas folhas caem, rodopiando. Enquanto os observa sob a luz dos holofotes da garagem, tudo em que Clare consegue pensar é: *Mais um final.*

No momento, junto de seus melhores e mais antigos amigos, nas altas horas de uma noite de verão, ela só consegue imaginar algo mais difícil: um novo começo.

— Três meses — sussurra Clare, e ninguém precisa perguntar o que ela quer dizer, porque todos pensam a mesma coisa. Eles já estão contando os dias até o feriado de Ação de Graças, quando estarão juntos de novo.

— Não é tão ruim assim — opina Stella, mexendo os dedões dos pés. Ela está descalça e, sem os saltos, fica da mesma altura de Scotty, parado a seu lado.

Clare concorda com a cabeça.

— Não é nada.

— Vai passar voando.

Eles se entreolham com sorrisos fracos, e então Stella se joga na direção de Clare, atirando os braços em volta do pescoço da amiga.

— Foi... sublime.

Clare sorri.

— Palavra nova?

— Dia novo.

— Sabe — começa Clare, os olhos se enchendo d'água quando elas se abraçam mais uma vez —, Beatrice St. James nem se compara a você.

Stella ri contra seu ombro.

— Isso é verdade.

Quando elas se afastam, notam Aidan e Scotty apertando as mãos e, então, depois de uma pausa, dando tapinhas nas costas um do outro, antes de finalmente se renderem a um abraço.

— Não se preocupe, cara — diz Scotty, se afastando. — Vou cuidar bem de sua irmã.

Dessa vez é Stella que bate no garoto, atingindo-o em cheio no peito e fazendo-o arregalar os olhos, assustado. Aidan apenas ri.

— Acho que você já está bem ocupado — comenta ele, indicando Stella, que lhe dá um soco de brincadeira antes de abraçá-lo.

— Sem comentários de atletas — diz ela contra o ombro do amigo, e Aidan ri novamente.

— Justo. Mas saiba que o atleta está muito feliz por vocês.

Scotty saltita na direção de Clare com um enorme sorriso no rosto manchado de tinta. Ele nem para antes de levantá-la do chão em um grande abraço de urso.

— Obrigado — agradece ele em seu ouvido, e, quando a põe de volta no chão, ela se inclina para trás para vê-lo melhor. — Por me achar bom o bastante.

Ela o olha com profundidade.

— Quantas vezes precisamos repetir que não importa onde você vá estudar...

— Não — interrompe ele. — Bom o bastante para Stella.

— Scotty, qual é? — Ela olha para Aidan e Stella aguardando perto do carro. — É claro que é bom o bastante para ela. Não há ninguém melhor.

Ele abre um sorriso largo.

— Mesmo que eu tenha te dado um soco no rosto?

— Então *foi* você?

— Não sei. Mas digamos que tenha sido. Pode ser meu presente de despedida para Aidan. Assim você não precisa entrar no primeiro ano de faculdade com uma história preocupante de como seu namorado te deixou de olho roxo.

— O que foi que disse? — grita Aidan, e Scotty o olha, gargalhando.

— Eu só estava dizendo a ela que mal posso esperar para te deixar com uns hematomas a mais no feriado.

— Só pode estar brincando — diz Aidan, estufando o peito enquanto caminha até ele. — Depois de alguns meses de lacrosse você não tem nem chance.

Ele segura Scotty debaixo do braço, descabelando-o até sua cabeça estar parecendo um ninho de rato. Mas, dessa vez, os dois estão rindo, e, quando se solta, Scotty abraça Aidan mais uma vez.

— Te vejo em breve, amigo — se despede, e Aidan assente.

— Vou te ligar — promete Stella a Clare, enquanto ela entra no carro. — Mil vezes.

— É bom mesmo — responde Clare, pela janela aberta, enquanto eles se afastam, deixando para trás duas figuras pálidas na escuridão, cada uma delas com uma das mãos ao alto acenando um adeus; as outras mãos estão dadas.

Saindo do bairro de Scotty — os faróis do carro iluminando as casas escuras e os sinais de trânsito brilhantes demais —, nenhum dos dois diz nada. No silêncio, Clare engole em seco algumas vezes, tentando ao máximo não desmoronar, porque a noite ainda não acabou, e ela sabe que ainda existem despedidas muito piores por vir.

A seu lado, ela pode notar que Aidan faz o mesmo. Depois de alguns minutos, ele liga o rádio, passando pelas estações até encontrar alguma coisa suave, com violão. O relógio aceso no painel indica 02h41, e eles nem se dão o trabalho de esconder o próprio sono; apenas ficam passando bocejos um para o outro, várias vezes, até ambos começarem a rir.

— Vamos até sua casa? — pergunta Aidan, e Clare assente com força suficiente para despertar um pouco.

Ao estacionarem na entrada de garagem alguns minutos depois, eles veem uma sombra atrás da janela da sala. Clare solta o cinto de segurança.

— Vou correr até lá antes que Bingo comece a latir — avisa ela, já abrindo a porta. Então procura suas chaves apressadamente, enquanto corre pela lateral da casa. Assim que entra, o cachorro voa para cima de Clare, um verdadeiro tornado de energia preto e branco, orelhas caídas, animado por ter companhia tanto tempo depois da hora de dormir.

Quando Aidan chega, Bingo fica louco, girando freneticamente, a língua pendurada em êxtase. Clare se diverte assistindo, e Aidan se ajoelha no chão, coçando as orelhas do cachorro.

Na luz fria da cozinha, ela vê como os olhos de Aidan estão horríveis: duas sombras em meia-lua que certamente ficarão pretas e azuis em breve. Seu olho esquerdo está quase fechado de tão inchado, e debaixo do olho direito o curativo branco agora está manchado com um fino risco vermelho onde o sangue o está deixando ensopado. Ela toca as próprias têmporas levemente, pensando em como deve estar sua aparência também.

— Acho — começa Aidan, rindo enquanto o cachorro lambe sua orelha — que vou sentir mais falta de Bingo.

Clare o olha com uma exagerada expressão de ultraje, mas ele já está focado no cachorro novamente, então ela vai até a bancada da cozinha, cheia de post-its com a letra da mãe: lembretes para a manhã, listas de afazeres de última hora, bilhetes para Clare. Ela tira um deles da bancada e o segura na frente de Aidan, que está deitado de costas no chão de madeira da cozinha, com o cão equilibrado em sua barriga.

— Pelo visto tem um presente pra você em cima da mesa de jantar — diz ela, e, quando Aidan rola no chão para se levantar, Bingo escorrega de seu estômago com um ganido de insatisfação.

— Pra mim? — pergunta Aidan, ficando de pé. — Que legal.

— Não se anime demais — adverte Clare, indo para a sala de jantar, onde há uma caixa retangular em cima da mesa. Ela a entrega a Aidan. — Tenho a sensação de que é a mesma coisa que eles me deram.

Ele rasga o papel de embrulho coberto de ilustrações de capelos de graduação — sobras de junho, mas ainda vagamente apropriados para a ocasião — e abre o presente, se deparando logo com uma toalha azul com suas iniciais bordadas em branco na ponta inferior.

— Nossa! — exclama ele, passando uma das mãos pelo tecido macio. Seu rosto está abaixado, então é difícil decifrar sua expressão. — Isso é tão... legal.

— Não precisa usar nem nada — diz ela, amassando o papel de embrulho numa bola. — Eu disse que seria estranho desfilar pelos banheiros coletivos com nossas iniciais à mostra, mas meus pais acharam que seria útil para quando tivermos colegas de quarto e coisas assim. E obviamente são grandes fãs de monogramas.

Ela indica com os braços os vasos, porta-retratos, sacolas de compras e diversos outros itens gravados com as iniciais dos pais. Na primeira vez que Aidan foi a sua casa, ele ficou encarando as letras por toda a sala, o *R* gigante de *Rafferty* acima da pia da cozinha, os panos de prato feitos sob encomenda, até mesmo as canetas sobre a bancada. E, quando finalmente ficaram sozinhos, não conseguiu mais se segurar:

"Qual seu sobrenome mesmo...?", perguntou, e o rosto de Clare ficou vermelho de vergonha. Mas então ele colocou um dos dedos no bolso da calça jeans da namorada, puxando-a para mais perto, e a beijou, bem ali na cozinha, com os pais na sala ao lado, e Clare esqueceu completamente de responder.

Agora ele dobra a toalha de volta e a guarda na caixa.

— É incrível — repete ele, mas tem alguma coisa estranha em seu tom de voz, e Clare percebe um pouco tarde demais que seus próprios pais não devem ter lhe dado nada para celebrar a ocasião.

— Sinto muito — lamenta ela, colocando a mão em seu braço.

— Pelo quê?

— Bem, seus pais...

— Ah, sim — diz ele, dispensando o comentário. — Eles definitivamente não me deram nada. Consegue imaginar meu pai comprando algo assim? Ou comprando qualquer coisa para mim? — Ele balança a cabeça. — Não, eu só estava pensando em *seus* pais na verdade. Em como eles foram bons.

Clare dá de ombros.

— Eles são obcecados por você — admite ela, porque é verdade. Seus pais adoram Aidan, que tem visitado aquela casa constantemente ao longo dos últimos dois anos, consertando o decodificador da TV a cabo, ensinando a eles como salvar e-mails antigos, ajudando a mãe de Clare a fatiar os legumes antes do jantar, e levando Bingo para passear sem ninguém pedir.

— É, mas só porque *você* é obcecada por mim — argumenta ele, e antes mesmo que ela possa revirar os olhos, ele se corrige: — Ou era, pelo menos.

— Para deixar claro, nunca fui obcecada por você. *Você* era obcecado por *mim*.

— Ok — admite ele, levantando as mãos. — Vamos simplesmente concordar que ninguém era obcecado por ninguém. Eu só quis dizer que seus pais me veem como parte da família, mas só porque eu era seu namorado. E agora não sou mais. — Ele levanta os ombros. — Meio que parece que estou terminando com eles também.

Clare não sabe o que dizer. É só mais uma coisa na qual não havia pensado. Quando considera aquilo, percebe mais uma vez como a vida dos dois está interligada. São como duas árvores cujos galhos cresceram juntos. Mesmo que você as arranque pelas raízes, ainda vão estar entrelaçadas e emboladas e quase impossíveis de separar.

Na noite anterior mesmo, durante o jantar, o pai perguntara pela milionésima vez quando exatamente Aidan ia embora, e imediatamente sua mãe ficou com os olhos cheios d'água.

"Parece que estamos perdendo duas pessoas da família", disse ela, e Clare deu um leve aperto em sua mão.

Ela sabe que os pais estão esperando que Aidan e ela continuem juntos, apesar das próprias tentativas fracassadas de fazer relacionamentos de escola durarem. Mas eles jamais admitiriam. Estão tentando dar a ela espaço suficiente para resolver aquilo sozinha.

Mesmo assim, ela quase pode senti-los, aflitos como um par de cachorrinhos, esperando ansiosamente para saber se poderão mandar biscoitos para Aidan em seu novo endereço, ou usar as camisas de lacrosse da UCLA que ganharam, ou lhe mandar e-mails quando a máquina de lavar louça inevitavelmente pifar outra vez.

Bingo entra trotando na sala de jantar, um brinquedo barulhento na boca. Costumava ser um pato, mas a cabeça já foi mastigada há tempos, e sobrou apenas uma das asas pendurada na lateral.

— E esse cara — diz Aidan, se abaixando para afagar o cão. — Vou morrer de saudades.

— Estou começando a me sentir confusa. Acho que você realmente gosta mais de Bingo que de mim.

— Gosto de vocês dois. Mas sempre posso te ligar.

— Pode ligar para Bingo também. Minha mãe deixa mensagens para ele na secretária eletrônica o tempo todo. Ou pode simplesmente esperar pelo Dia de Ação de Graças.

Aidan se levanta, fitando-a com uma expressão solene.

— Então ainda posso te visitar no feriado?

— É *claro* — assegura Clare, indo abraçá-lo, mas, então, ela se lembra do estado das coisas e decide, em vez disso, dar um soquinho amigável no ombro do ex, algo que parece ainda mais desconfortável do que o abraço teria sido. — Meus pais ficariam supertristes se não viesse. Assim como Bingo.

— E você?

— E eu. Claro.

Ele se apoia de braços cruzados na mesa.

— É, mas e se estiver de namorado novo? E se em vez de mim vier algum garoto nerd de óculos e mocassins, que lê Shakespeare no tempo livre?

— Seria bom mesmo ter alguém que recitasse Shakespeare antes do jantar — diz ela, batendo com o dedo no próprio queixo pensativamente, mas Aidan continua observando-a com uma expressão de preocupação.

— Estou falando sério — insiste Aidan, e Clare se apoia na mesa ao lado do garoto, de modo que seus ombros encostem.

— Sério? Acho que seria possível. Você também pode arranjar uma namorada nova até lá. Não sei se percebe isso, mas você é meio que um bom partido.

— E ainda assim você me joga de volta ao mar — diz ele, com um meio sorriso. — Como um peixinho.

— Eu diria que está mais para um peixe-palhaço. E não estou dispensando você. Estou te libertando.

Aidan não parece satisfeito.

— Mas poderia acontecer — insiste ele. — Você e Will Shakespeare. Sentados bem aqui. Comendo peru com seus pais. Conversando sobre... não sei. A peste?

— Não consigo pensar em um melhor tópico para uma conversa durante o jantar — brinca Clare, mas Aidan não sorri, então ela apenas dá de ombros. — Tudo bem. É, acho que poderia acontecer. Com você também. Quero dizer... é a Califórnia. Toda garota lá deve ser loira e bronzeada e ridiculamente *cool*, certo? Você provavelmente vai conhecer alguma modelo/surfista que joga vôlei de praia no tempo livre.

Aidan ri.

— Ela anda de skate também?

— Com certeza. E provavelmente ela mesma desenhou o próprio skate.

— Parece talentosa — provoca ele. — Parece que nos saímos bem.

Clare balança a cabeça.

— Viu? É por isso que realmente não quero pensar sobre isso esta noite. Porque agora estou com ciúmes de uma garota que nem existe. Não importa o que aconteça mais tarde, esta noite ainda é nossa. Então acho que devíamos atravessar todas essas outras pontes só quando chegarmos a elas.

— Rápido e indolor — diz Aidan, com um sorriso largo, e Clare assente.

— Rápido e indolor.

Ele a estuda por alguns segundos sem dizer nada, e então levanta um dos ombros.

— Ok, então. E agora?

Eles voltam até a cozinha para pegar algumas latas de refrigerante na geladeira, e saem pela entrada, sussurrando para não acordarem os pais de Clare. Na porta do porão, eles descem, deixando Bingo — que tem medo de degraus — de guarda no alto.

— Também vou sentir saudades deste lugar — confessa Aidan, quando chegam ao porão frio, e Clare ri apesar de saber que ele fala sério. É só que não há muito para ver ali: um tapete laranja, que a família sempre quis trocar, um labirinto de canos no teto, paredes de concreto manchadas, e uma coleção aleatória de mobílias descombinadas.

"É como *The Island of Misfit Toys*, aquele filme da rena de nariz vermelho", dissera seu pai certa vez, observando a cena após eles levarem mais uma poltrona aposentada lá para baixo. "É aqui que os móveis vêm para morrer."

"Que filme você andou vendo?", perguntou Clare. "Ninguém morreu nesse filme."

Mas ela sabia o que ele queria dizer. Para qualquer coisa que fosse considerada velha demais, o porão sempre funcionara como uma estação entre a casa e a lata de lixo. No momento, ele acomoda dois colchões, um antigo sofá, uma poltrona vergonhosamente antiquada, uma mesinha de centro arranhada e uma TV praticamente quebrada. As paredes estão nuas, com exceção de um único quadro do Lago Michigan que o pai comprou numa venda de garagem e a mãe relegou ao porão antes mesmo de chegarem em casa.

Aidan vai até o sofá, de um xadrez feio de marrom e bege, e passa uma das mãos carinhosamente pelas costas.

— Então — começa ele, sorrindo —, alguma chance de revivermos mais uma primeira vez enquanto estamos aqui?

Clare olha de Aidan para o sofá e sente uma onda de nostalgia ao pensar em todas as noites que passaram aninhados ali. É tentador repetir a história agora: pegar sua mão e puxá-lo para perto, beijá-lo por tempo o bastante para que o resto do mundo desapareça, com força o bastante para esquecer o que o amanhã trará.

Mas ela sabe que é mais complicado que isso — que agora existem regras, e que o fato de que foram eles que as criaram não importa. A coisa toda parece frágil demais sem sequer envolver o sofá.

Além disso, ela sabe exatamente de que primeira vez ele está falando, e não consegue não corar com a lembrança, mais recente que algumas outras. Aidan e Clare esperaram mais de um ano, até ambos terem realmente certeza, até ambos estarem prontos. E, então, em uma noite do inverno passado, quando os pais de Clare estavam viajando, aconteceu... bem ali, naquele sofá. Desde então, eles sempre se surpreendem rindo do jeito mais bobo possível toda vez que descem ali, como se o próprio sofá fosse um segredo compartilhado, algo grande demais e bom demais para permanecer sem ser mencionado por muito tempo.

Agora, entretanto, aquele móvel fica ali, entre eles, como um lembrete gigantesco de tudo o que estão perdendo.

— Nós terminamos — ressalta ela, tirando os olhos do sofá.

— Podemos adiar — sugere ele, esperançoso. — Parece meio bobo terminar enquanto ainda estamos no mesmo lugar, não acha?

Clare balança a cabeça.

— Só vai piorar as coisas.

— Duvido muito — argumenta ele, aproximando-se cheio de propósito. Ele a olha intensamente e começa a abaixar a cabeça. Por um instante, Clare se sente caindo sob seu feitiço uma vez mais, aquele garoto de cabelos ruivos e olhos brilhantes. Mesmo com todos os cortes e hematomas, ela fica impressionada com seu rosto familiar, todas as muitas sardas e linhas de expressão, e se pergunta se algum dia vai conhecer tão bem outra pessoa como o conhece. Mas, antes que os lábios dele toquem os seus, Clare volta à realidade, se lembrando de novo e se afastando.

— Aidan — diz ela baixinho, e ele fica imóvel por alguns instantes, a boca entreaberta. Então ele balança a cabeça e endireita as costas.

— É. Tem razão.

Eles piscam um para o outro sem se mover.

— É só que...

— Eu sei — diz ele. — Não precisa explicar. Nós terminamos. Isso faz parte. Acho que eu só queria que não fizesse. Pelo menos por um tempinho.

— Eu sei — ecoa ela, desviando o olhar.

Clare dá alguns passos para trás, batendo na mesa de pingue-pongue, que foi a única coisa de fato comprada para aquele cômodo da casa. Ela procura por uma das raquetes gastas, aliviada por ter encontrado uma distração, e a segura no alto.

— Devemos tentar uma última vez?

— Claro — concorda ele, indo para o lado oposto da mesa. — Mas isso não vai ser nem de perto tão divertido quanto o que eu tinha em mente.

— Vai ser, se quebrarmos nosso recorde.

— Há séculos não chegamos nem perto — lembra ele, pegando a raquete e girando-a na mão. — Mas, se você topar, eu topo.

— É claro que eu topo — retruca Clare, lançando a bola para ele.

Ele a rebate na sua direção, e ela faz o mesmo, vezes e mais vezes, até a bolinha laranja não ser nada mais que um borrão. Há oportunidades de sobra para os dois baterem com força um para o outro, mas eles fazem o melhor para continuar no mesmo ritmo, contando silenciosamente enquanto a bola vai e volta, vai e volta, até Aidan finalmente mandá-la, girando, contra a rede.

— Sessenta e dois — anuncia Clare. — Não chegamos nem perto.

— Dignos de pena — concorda ele. — Podemos fazer melhor que isso.

Eles jogam por mais um tempo, e, dessa vez, a longa sequência é quebrada quando Clare acidentalmente joga a bola com força para a esquerda, e esta bate na quina da mesa antes de passar por Aidan e rolar para baixo do sofá.

— Nossa! — exclama ele, deitando no tapete para alcançar a bola. — Você meio que intimida com esse olho roxo.

Clare gira sua raquete algumas vezes e faz uma expressão ameaçadora.

— Ah, é?

— É — responde ele, voltando com a bolinha, agora empoeirada. — Bem agressiva.

— Você também. Duas vezes.

Eles recomeçam e, dessa vez, chegam a 98 até Clare errar.

— Nada mal — diz ela, recuperando a bola do chão. — Tem treinado sem mim?

— Não — responde ele, duramente.

Ela franze o cenho.

— Só estou brincando. Tudo bem se estivesse.

Aidan tem uma mesa de pingue-pongue em seu porão também, mas, na única vez que foi até lá, Clare notou que estava coberta de pilhas de roupas lavadas e caixas enormes de papel-toalha.

— Não usamos a nossa desde que eu era pequeno — explica ele, batendo na bola sem pensar muito. — Tentei fazer Riley jogar há uns meses, mas não é muito o lance de minha irmã.

— Você já...
— O quê?
— Esquece.
— Não. Eu já o quê?
— Jogou com seu pai?

Aidan ri.
— Sério?
— Sério.
— Claro que não — diz ele, esfregando uma mancha invisível da mesa com o polegar. — Isso seria considerado diversão. E meu pai não gosta de se divertir. Meu pai só faz o que ele quer fazer... — Ele hesita e levanta o olhar para encontrar o de Clare. — Aposto que ele nem vai se despedir de mim amanhã.

— Claro que vai — garante ela, preocupada com aquela ideia. — Eles vão te levar ao aeroporto, certo? É parte de todo esse lance de faculdade. O dramático adeus, os abraços apertados, olhar pra trás e ver seus pais esperando você entrar na fila dos detectores de metal...

— Acho que está descrevendo um filme diferente do meu. A essa altura, terei sorte se ele sequer der tchau antes de minha mãe e eu sairmos de casa.

— Vocês brigaram. Só isso. Até amanhã ele já superou — afirma Clare, tentando soar mais segura do que se sente, acrescentando logo em seguida: — É um evento importante demais pra não superar.

— Talvez — concede Aidan, apesar de não parecer muito convencido. Ele aponta o queixo na direção de Clare, e ela se dá conta de que ainda está segurando a bolinha laranja. — Vamos jogar.

Demora um pouco para que os dois entrem num ritmo estável novamente; cada vez que eles passam de mais ou menos 20, um dos dois erra.

— Podemos sempre parar, sabe? — diz Clare, mas Aidan tem uma expressão de determinação no rosto, e, em vez de responder, apenas se afasta mais da mesa e levanta a raquete de novo. Então Clare joga a bola para ele mais uma vez.

Várias e várias vezes os dois tentam e falham. A bola quica na quina da mesa e cai, Clare calcula mal a distância e erra completamente, Aidan atira a bola contra a rede com mais força que o necessário.

Ambos estão cansados. Os braços de Clare pesam, e ela pode ver que Aidan luta contra os bocejos entre as partidas. A cada nova tentativa, eles parecem errar mais cedo. Mas, toda vez que ela sinaliza que vai encerrar o jogo, Aidan franze o cenho e gesticula para que ela continue.

— Vamos conseguir — afirma ele. — Já conseguimos antes.

— Aquilo foi há um milhão de anos. — Logo depois que eles começaram a namorar, foram ali e pegaram as raquetes meio que de brincadeira. Mas, depois de algumas jogadas, perceberam que ambos eram muito bons e conseguiram manter a bola em jogo durante 188 lances seguidos, uivando e comemorando quando a bola finalmente saiu de jogo. Naquele momento, no entanto, parece que aquilo foi há tempo demais. — Não estamos nem perto. Podemos estabelecer um recorde do número de tentativas de alcançar nosso recorde, que tal?

Aidan apenas balança a cabeça.

— Vamos nessa — insiste ele, então eles tentam mais uma vez.

Depois de um tempo, no meio de um lançamento, Clare sente uma onda de exaustão invadi-la, e, sem pensar muito, ela simplesmente agarra a bolinha no ar quando ela vem girando em sua direção.

— Não consigo — diz ela, e, quando nota a expressão desapontada de Aidan, explica: — Estou cansada demais.

— Mas estávamos tão perto — argumenta ele, apesar de ambos saberem que não era verdade. — A gente consegue. A gente precisa conseguir.

Clare se debruça sobre a mesa e o fita com uma expressão calma.

— Vou te dizer a mesma coisa que você me disse mais cedo. Isso não é uma metáfora.

O rosto de Aidan não muda, então ela tenta mais uma vez:

— Não significa nada. É só um desafio bobo.

— É, mas... — Aidan atira sua raquete na mesa, frustrado. — Se quebrarmos o recorde...

— O quê? — pergunta ela, impaciente.

Aidan baixa o olhar.

— Então a noite inteira não vai ser mais só sobre a gente terminando.

— Aidan. Não vai ser. Olhe quanta coisa fizemos esta noite. Fora isso, será a noite em que fomos buscar Scotty na cadeia. Ou a noite em que ele fez umas mil tatuagens em si mesmo.

Aidan sorri, mas tem algo sombrio por trás.

— O resto da noite não importa. Confie em mim. Quando pensarmos nesta noite, tudo de que vamos lembrar é que terminamos.

— E você acha que o pingue-pongue vai ajudar?

— Talvez — responde ele, parecendo tão sincero que Clare é apenas capaz de permanecer em sua ponta da mesa. — Poderia ser a noite em que alcançamos um novo recorde de pingue-pongue em vez disso.

Ela ri.

— Você é louco de pensar que isso superaria nosso término. Acha que eu pensaria nesta noite e me lembraria disso — ela levanta a bolinha — em vez de que perdi você?

Ele dá a volta na mesa, andando na direção de Clare.

— Valia a pena tentar — diz ele, diminuindo o espaço entre ambos.

Quando os dois estão a apenas alguns centímetros de distância, ela joga a cabeça para trás e o encara.

— E você não está me perdendo. Eu estou te perdendo — emenda Aidan.

— Dá no mesmo! — Clare consegue dizer, apesar do nó que se formou em sua garganta.

Ele ajeita uma mecha de cabelo para trás da orelha da ex e, então, pousa a mão em seu pescoço; a sensação da pele dele na dela envia uma corrente elétrica pelo corpo de Clare. Ela pode ver o sofá pelo canto do olho. De repente, seu rosto se esquenta.

Esse é o lance com Aidan. Sempre foi. Ele a faz esquecer todos os seus motivos e regras e planos.

Ele a faz se esquecer de tudo, menos dele.

— Precisaria ser algo muito maior — diz ela, e Aidan arregala os olhos com espanto.

— Maior que manter uma bolinha de pingue-pongue em jogo por 188 lances seguidos?

Ela assente.

— O que poderia ser maior que isso? — pergunta ele, mas, mesmo antes de Aidan terminar a pergunta, Clare observa: seu olhar caindo sobre a única pintura nas paredes de concreto, uma aquarela do lago Michigan no inverno, frio e congelado e salpicado de neve. Quando o olhar volta para ela, Clare já está balançando a cabeça negativamente.

— Não.

— Sim. — Ele sorri.

— De jeito algum — diz ela, com mais firmeza, mas não importa: ele já está andando de um lado para o outro de ansiedade.

— Vai ser perfeito. Não, vai ser épico. Ninguém jamais fez isso. E não tem como não ser algo memorável. — Ele para na frente do sofá, voltando-se para ela com uma expressão triunfante. — É algo grande o bastante.

— É grande demais — responde ela secamente. — E idiota demais.

— Sinto muito — diz ele, batendo palmas. — Está decidido. Vamos fazer isso.

— Você realmente quer pular no lago Michigan agora? Pense em como vai estar gelado. E não se sente cansado?

— Não — responde ele, rindo. — Estou superacordado.

Clare olha para o sofá mais uma vez, e, em seguida, de volta para Aidan. Ele está todo aceso com a ideia, sorrindo tanto que o esparadrapo debaixo do olho parece soltar. Alguma coisa naquela imagem — Aidan tão ansioso para aproveitar ao máximo a noite — faz o coração de Clare se inflar, e ela pousa a raquete de pingue-pongue sobre a mesa.

— Bem. Eu não posso pelo menos sugerir alguma coisa também?

Ele a olha com ceticismo.

— Não tem como você ter uma ideia melhor.

— Talvez eu tenha.

— Melhor que salvar o Ferrugem? — pergunta ele, claramente animado com a ideia. — Impossível.

— Não quer nem ouvir?

Ele balança a cabeça.

— Não. Não existe nada no mundo que eu queira fazer mais neste momento que salvar aquele robô idiota.

— Ok — diz Clare, seguindo até o sofá, onde Aidan parou, bem ao lado da mesinha de centro. — Eu topo.

— Ótimo. Então é bom a gente ir logo.

Mas, antes que ele consiga se afastar, ela estica o braço e pega sua mão. Aidan vira para ela, o sorriso morrendo, sendo substituído por uma expressão de confusão.

— Eu topo — repete ela, sentindo-se mais ousada que o normal. — Mas ainda acho que devíamos tentar minha ideia antes.

Aidan demora um pouco para entender — a maneira como ela o está olhando, o modo como sua mão está segurando a dele —, e, quando o faz, sua expressão muda para uma de surpresa.

— Ah — diz ele. Ele ergue bem alto suas sobrancelhas, descolando mais ainda o curativo. — *Ah*.

— É — confirma Clare, puxando-o um pouco mais para perto. — O que acha?

Alguns segundos se passam enquanto os dois se olham, e então o rosto de Aidan se move novamente com um sorriso largo, e ele mergulha no sofá sem largar a mão de Clare, puxando-a junto a ele, de modo que os dois acabam embolados um no outro.

— Eu acho — começa ele, enquanto ambos se ajeitam, seu rosto bem próximo do dela, o hálito quente e doce — que essa é uma *excelente* ideia.

Ela passa os dedos pelo curativo abaixo do olho direito do rapaz, colando-o gentilmente de volta.

— Que bom.

—Apesar de continuar não sendo tão boa quanto a minha.

— Cale a boca — diz ela, mas, antes mesmo de terminar de falar, os lábios de Aidan já estão colados nos seus, e ambos lutam contra o próprio sorriso porque, pelo menos dessa vez, ele já se calou.

PARADA #13
O lago
03h54

A câmara de ar presa sob o braço de Clare começa a bater com o vento assim que eles pisam na areia.

— Esta — começa ela, segurando a roda de borracha mais forte — foi uma péssima ideia.

Mas Aidan não está nem escutando. Ele já disparou na direção da água, quase indistinguível da praia naquela escuridão. Apenas o som das ondas e a fatia de luar em sua superfície o entregam.

Clare nunca foi ali tão tarde — nem tão cedo, na verdade, considerando que são quase quatro da manhã — e, enquanto cambaleia na direção da margem, ela se pergunta se sempre venta tanto àquela hora. Juntos, eles seguem em frente sob o luar, os pés mergulhando fundo na areia fria a cada passo.

No porão, toda essa empreitada parecera pouco convidativa, mas ainda potencialmente divertida. Agora, no entanto, com o barulho das ondas alto em seus ouvidos, e a noite profunda e vasta ao redor, parece simplesmente loucura.

— Essa ideia foi realmente péssima — repete ela, mas a cabeça de Aidan está perdida dentro de sua camisa, que está tentando tirar. Quando consegue, ele a joga no chão, e encara Clare como se tivesse esquecido que ela estava lá.

— O quê? — pergunta ele, desabotoando a calça jeans e a tirando. Ele fica parado ali, olhando para Clare, apenas de cueca azul, pálido sob a luz da lua. Mas seu rosto está sério e determinado, e ele já está girando os braços para se aquecer.

— Não acho que deva fazer isso.

— Tudo bem — garante Aidan, pulando de um pé para o outro. — É só um mergulhinho tarde da noite. — Ele para e sorri. — Você também podia vir.

— Nem pensar — recusa ela, estremecendo levemente. — Está escuro demais. A água está congelando. E tenho certeza de que está bem mais longe do que parece.

— É esse o objetivo.

— O quê?

— Não pode ser algo épico se não for muito desafiador — responde ele simplesmente, esticando a mão para pegar a câmara de ar. Ela a entrega relutantemente. É difícil saber se aquela coisa sequer vai flutuar. Clare a encontrou no fundo do armário da entrada, deixada lá alguns anos antes, quando o pai quebrou o cóccix tentando provar que ainda conseguia jogar hóquei no aniversário de 50 anos. Durante semanas ele não pôde se sentar sem a inflável rosca preta.

Agora, se Aidan conseguir, Ferrugem vai usá-la orgulhosamente em volta do pescoço fino de metal: uma corda de segurança para o robô eternamente afogado.

Aidan revira o objeto nas mãos algumas vezes com um sorriso no rosto.

— Às vezes as coisas mais difíceis são as que mais valem a pena.

— Quem disse?

Ele dá de ombros.

— Eu.

— Qual é?

— Tá bom. Meu pai.

Clare franze o cenho.

— Esse é o motivo por trás disso? Porque sabe que não precisa provar nada...

— Eu sei — interrompe ele, olhando impacientemente para a água. Acima deles, as nuvens se separaram e as estrelas estão agrupadas, brilhando forte. Clare treme quando um vento forte atravessa o suéter fino.

— Não acho que saiba. Olhe, você tomou sua decisão, e foi uma boa decisão. Agora precisa se perdoar. Seu pai vai superar tudo em algum momento.

— E se não superar?

— Ele vai — afirma Clare. — Mas, mesmo que não...

Aidan cruza os braços.

— Mesmo que não supere, isso ainda é uma coisa que preciso fazer por mim.

— Mas por quê? Isso é loucura.

— É nossa última noite. Tudo está chegando ao fim. Não consigo pensar em um momento melhor para fazer uma loucura. — Ele inclina a cabeça na direção da de Clare. — Você consegue?

— Acho que não — admite ela finalmente, apesar de ainda estar se sentindo desconfortável. — Mas, se você se afogar, vou te matar.

Aidan ri.

— Justo.

— Apenas tome cuidado — repete ela mais seriamente, e Aidan a saúda.

— Vou tomar.

— E ande logo, ok? Ferrugem está esperando há muito, muito tempo.

Quando Aidan mergulha e começa a nadar, ela percebe que aquele momento pode ser o momento quando ele pareceu mais feliz durante a noite. Logo antes de pular, Aidan se vira para acenar. Mesmo no escuro, Clare percebe que ele sorri como louco.

— Está congelando — grita ele, as palavras meio ocas pelo vento.

Clare dá alguns passos na direção da margem, observando enquanto ele avança, apressando-se contra as ondas, até estar fundo o suficiente para mergulhar e começar a nadar.

Assim que Aidan desaparece, Clare sente um pânico súbito e esmagador. Por alguns minutos ela só vê o borrão de seus braços brancos sob a luz da lua, mas logo depois nem aquilo vê mais. Ela vai até a beira da água, esforçando-se para enxergar em meio à escuridão, tão pesada que parece algum tipo de cortina entre a areia e a água, com apenas a lua espreitando de trás.

Olhando o relógio, Clare deseja que tivesse registrado a hora que Aidan mergulhou, ou que tivesse pensado em alguma maneira de contabilizar os minutos enquanto eles passam. Ela tira o celular do bolso e liga a lanterna, tentando ver melhor no escuro, mas a luz fraca é engolida antes de alcançar sequer um metro.

Ela sabe que Aidan tem razão: é apenas um mergulho. Mas a noite está negra, e aquele vento frio faz a praia parecer o lugar mais solitário do planeta no momento. Ela mantém o olhar fixo no robô subindo e descendo no escuro, com sua luzinha piscante no alto, como uma estrela caída do céu. Dali, parece que o objeto fica a um milhão de quilômetros de distância, e Clare começa a pensar no que Aidan disse: *Não pode ser algo épico se não for muito desafiador.*

Parada ali na margem, ela se dá conta de como enfrentou poucos desafios até então. Durante toda a sua vida, tudo transcorreu como planejado. Sempre foi a primeira da classe, sempre se saiu bem nas provas e tirava notas boas nos trabalhos, sempre foi uma das favoritas para a maioria dos professores. E, olhando para isso tudo, de certa maneira, poderia parecer impressionante. Mas Clare sabe a verdade: nada daquilo foi muito difícil.

E agora ali está ela, de partida para uma faculdade, ainda completamente inexperiente. Mesmo que ela não tenha passado por muita coisa na vida, os pais ainda se orgulham dela, e Clare é grata por isso. Mas ela percebe agora que ninguém jamais a pressionou muito — pressão de verdade —, exceto por Aidan, disposto a pular em um lago congelante no meio da noite só para provar algo a si mesmo, enquanto Clare ficava para trás, quente e seca e completamente sozinha.

Pela primeira vez, ela percebe que talvez seja por isso que decidiu terminar com ele. Não porque era a coisa certa a fazer, e sim porque parecia a coisa mais *fácil*.

Continuarem juntos, por outro lado, teria sido difícil.

Teria sido a coisa mais difícil que ela poderia imaginar: tentar fazer o relacionamento dar certo, mesmo estando separados. Porque... e se o coração dela não tiver sido feito para esse tipo de distância? E se ele for como um rádio: claro e audível de perto, mas cheio de estática e interrupções de longe?

Ela pisca para conter as lágrimas em meio ao escuro, imaginando Aidan sozinho ali, na água gelada.

Às vezes as coisas mais difíceis são as que mais valem a pena.

Agora ela tem certeza de que aquilo só pode ser verdade.

Mas, ainda assim, não há nem sinal de Aidan. Ela examina o horizonte pelo que parece ser a milésima vez, tentando afastar o medo. Ele está lá dentro sozinho, e não há como saber se está precisando de ajuda, não há como saber se ele está bem.

É assim que será de agora em diante: Aidan, longe e se afastando cada vez mais.

Ela escuta um barulho de trovão ao longe, e, refletido na água, um relâmpago risca o céu. Com ele, o pânico que Clare tentava ignorar ressurge, forte e desesperado, e ela percebe que as mãos estão tremendo. Clare pega o telefone, se atrapalhando um pouco com o aparelho antes de digitar os números da emergência — 911 — para adiantar uma eventual ligação. Quando termina, ela baixa o telefone novamente e fita a água, seus olhos ardendo com o vento e o coração batendo tão forte que chega a doer.

— Anda logo, Aidan — sussurra ela.

Mas nada ainda: apenas um tapete de água plana e escura como um quadro-negro, e mais um trovão explodindo ao longe. Ela pensa mais uma vez nas palavras de Aidan, ainda rodando em sua mente, e então toma uma decisão.

Antes que possa pensar demais, Clare tira as sandálias e avança um passo. Quando a primeira onda alcança seus pés, ela enrijece, surpresa pela temperatura gélida, novamente amedrontada pela ideia de Aidan já estar ali dentro há tanto tempo. Mas Clare sabe que, se vai fazer isso, precisa continuar em frente, então ela avança, os dedos batendo conforme a água sobe até as canelas, e, depois, até os joelhos, e, finalmente, até barra do vestido, que se arrasta atrás da garota.

Pouco antes de mergulhar, ela respira fundo, tentando se preparar. Mesmo assim, o frio é como um choque: gelado e envolvente, e mais poderoso do que ela jamais poderia ter imaginado. As pernas ficam dormentes de imediato, e começam a se mover sozinhas; como que por instinto, as mãos se mexem em meio à água. Conforme ela começa a nadar, o corpo vai se adaptando: a pele arrepiada volta então ao normal, os braços e pernas ficam mais relaxados enquanto ela atravessa a água, sem conseguir ver para onde vai.

Mas ela não nota nada daquilo.

Tudo em que consegue pensar é em alcançar Aidan.

Ela não tem certeza de há quanto tempo está nadando, cega pela escuridão, com frio e desorientada, quando para e levanta a cabeça, buscando mais fôlego. Clare vê a luz piscante da boia, olha ao redor à procura de Aidan, então o vê ao longe — um flash branco, aproximando-se lentamente da margem — e fica fraca de alívio. Clare atira a cabeça para trás e solta uma gargalhada, o som claro e pequeno no escuro.

— Aidan — berra ela, e ele levanta a cabeça ao vê-la. Ele grita algo de volta, mas as palavras se perdem com o vento, e logo ele está nadando em sua direção, remando com determinação enquanto, com um estremecimento, Clare começa a se mover novamente também.

Eles não estão longe agora, talvez metade da distância de um campo de futebol, e sob a luz da lua, ela pode vê-lo parar de algumas em algumas braçadas para acenar, subindo e descendo a cabeça, como uma boia danificada.

Dessa vez, quando ele chama seu nome, Clare finalmente o escuta.

— Ei — grita ela de volta, e ele se vira para apontar algo atrás de si.

— Você viu?

— Não consigo ver nada!

— Eu consegui — diz ele sem fôlego, chegando mais perto. — Eu consegui de verdade.

Quando se aproxima o suficiente, Clare o alcança e passa seus braços ao redor de Aidan, sentindo os músculos enfraquecerem. Mas ele segura sua cintura e os dois ficam daquele jeito por um bom tempo, ambos cansados demais para falar enquanto se agarram um ao outro, as pernas ainda se movendo freneticamente sob a superfície.

— Eu te amo — confessa ela gentilmente, e Aidan afasta a cabeça para olhá-la melhor. Há uma gota de água presa na ponta de seu nariz, e os lábios estão azulados, até mesmo no escuro.

— O que você disse? — pergunta ele, sorrindo. — Acho que entrou água em meu ouvido. Algo sobre pombinhos?

Ela balança a cabeça, agarrando-o com mais força.

— *Eu te amo* — repete ela, e, quando o faz, uma onda os alcança, levantando e abaixando os dois, como uma montanha-russa, como um quebra-molas inesperado, do tipo que faz o coração subir até a garganta, do tipo que faz você voar.

Aidan a beija, e é frio e molhado e trêmulo, mas também é quente, aquecendo de dentro para fora.

— Também te amo.

Ela o sente tremendo todo agora, e percebe que está fazendo o mesmo.

— É melhor voltarmos — aconselha ela, mas ele apenas a segura com mais força.

— Ainda não — pede Aidan baixinho. — Só mais alguns segundos.

Clare não discute.

Ela também não está pronta para soltá-lo.

PARADA #14
A casa dos Gallagher (de novo)
04h48

Mesmo tendo de andar na ponta dos pés até seu quarto, Aidan não para de relembrar os eventos da noite.

— Foi como um daqueles desafios de arremessar o anel em parques de diversão — cochicha ele, o rosto ainda animado. Ele para e demonstra, gesticulando como conseguiu atirar o aro de borracha sobre a estrutura fina de Rusty depois de apenas três tentativas, e Clare lhe dá um empurrãozinho de leve para ele continuar andando.

Aquele é possivelmente o pior lugar do mundo para recontar a história: parados na escadaria principal da casa dos Gallagher, com seus pais dormindo a metros de distância. As roupas de ambos estão pingando no feio tapete cinza dos degraus e o queixo de Clare continua batendo; ainda na água, assim que a adrenalina virou alívio, ela começou a tremer e não parou mais desde então. Tudo nela — do nariz aos dedos dos pés — parece frágil e dormente. Então, quando Aidan se vira, ela o empurra novamente para que continue andando.

— Moletom — relembra ela.

— Certo, foi mal — diz ele, subindo mais alguns degraus, mas parando de novo. — Mas *muito* maneiro, não foi?

Clare assente.

— Muito, muito maneiro.

No quarto de Aidan, ele revira uma pilha de roupas sobre a beirada da cama.

— Harvard ou UCLA? — pergunta ele, mostrando dois enormes suéteres.

— A grande questão — responde Clare, aceitando o azul com as letras UCLA impressas numa fonte enorme.

Aidan sorri.

— Boa escolha.

— Concordo. — Clare tira o vestido molhado e praticamente mergulha dentro do moletom de fleece, que vai quase até os joelhos. — Tem mais alguma coisa pra mim?

Ele atira para ela calças de moletom cinza. E então, por precaução, luvas de lã sem dedos também.

— Sei que está de brincadeira — diz ela, vestindo tudo. — Mas pode apostar que vou calçá-las.

Depois que os dois se trocam, Aidan a observa, entretido. Ela está nadando dentro do suéter que, apesar de ter tido a barra virada várias vezes, ainda está enorme. Ela bate as mãos enluvadas com um estampido surdo.

— Perfeito — diz Clare. — E agora?

Ele pensa naquilo durante um tempo.

— Chocolate quente, acho.

— Ótimo! — Enquanto Aidan caminha até a porta, ele pega o capuz do suéter de Clare e o coloca na cabeça da garota.

— *Agora sim* está perfeito.

No andar de baixo, eles pegam o pote de chocolate em pó e duas xícaras do armário, esquentando o leite em seguida. Os dois se esforçam ao máximo para não fazer barulho, deslizando nas meias, certificando-se de fechar cada um dos armários com um cuidado exagerado. Quando o chocolate quente fica pronto, eles se sentam com as mãos em volta das xícaras, desfrutando do calor antes de tomarem o primeiro gole.

— Não acredito que fizemos isso — confessa Aidan depois de um tempo.

— *Você* fez — ressalta Clare.

— Bem, é claro — diz ele, se enchendo de orgulho novamente. — Quero dizer, se é para sermos totalmente técnicos sobre o assunto, acho que salvei, *sim*, o mascote não oficial da cidade, que tem boiado ali, desajeitadamente, durante *anos* sem ninguém para resgatá-lo.

Clare esconde o sorriso por trás da xícara.

— Que modesto.

— Mas você veio atrás de mim — continua ele, se inclinando para a frente. — Esqueceu todas as regras por um minuto. Não pensou nem por um segundo que coisa idiota estava fazendo, pulando no lago no meio da noite. Você apenas pulou.

— É, mas...

— "É, mas" nada — interrompe ele, batendo na mesa com entusiasmo, o que faz as xícaras oscilarem. — É por isso que precisa parar de se preocupar tanto com tudo. Não me leve a mal, eu amo como sua mente funciona, mas, quando você se desliga por um minuto, olha só o que acontece.

— Faço coisas bem idiotas?

— Não foi isso que eu quis dizer. A forma como tem estado tão preocupada com o que vai estudar, e com o que vai fazer da vida e tudo isso...

— Certo — ironiza ela. — Todos esses detalhezinhos.

— É essa versão sua que fica sentada na beira da água. Mas, na verdade, você devia simplesmente mergulhar, sabe?

Clare inclina a cabeça de lado.

— Talvez.

— É para isso que serve a faculdade... Para experimentar coisas novas mesmo que isso signifique errar. Se parar de analisar tudo demais, talvez se divirta um pouco. — Ele se recosta na cadeira de novo, parecendo satisfeito. — Sempre foi essa minha filosofia, pelo menos.

Ela ri.

— Talvez faça algum sentido.

— Claro que faz. Sou meio que um gênio quando se trata de dar conselhos.

— E de salvar robôs.

— Isso também — concorda ele, sorrindo para ela do outro lado da mesa.

Aidan sustenta seu olhar demoradamente, o bastante para fazê-la se perguntar se ele está pensando a mesma coisa que ela: que o que aconteceu lá na água — e até o que aconteceu no porão — pode ter sido o bastante para mudar as coisas entre eles novamente. Que talvez o pêndulo tenha ido em outra direção. Que talvez eles ainda tenham uma chance.

Que talvez seja até algo que ela queira.

Quase como se lendo seus pensamentos, Aidan ergue sua xícara.

— A nós dois — diz ele, e os dois brindam, derramando o chocolate quente pelas laterais. Clare está quase usando a manga do suéter para limpar o líquido derramado, mas Aidan levanta a mão para impedi-la. Ele aponta para o logo no próprio suéter do capuz.

— Por favor — pede ele, puxando a manga de um jeito teatral e secando a mancha da mesa.

— Tão cavalheiro — diz Clare, sentando-se de volta.

— Nem um pouco — responde Aidan alegremente. — Eu só queria ter certeza de que usaríamos o moletom certo como pano de chão.

Clare e Aidan levam um susto com uma voz vindo de trás deles.

— Muito maduro — comenta o Sr. Gallagher, fazendo uma carranca. Ele está encostado no batente da porta, com um roupão azul amarrado sobre o pijama, e, sem os óculos, seus olhos parecem embaçados e desfocados. O cabelo, normalmente bem penteado, está arrepiado na nuca, o que o faz parecer um garotinho que acaba de despertar de uma soneca.

Clare olha para Aidan, esperando que ele diga alguma coisa, mas imediatamente fica claro que aquilo não vai acontecer. Ele está com os olhos fixos na mesa, os braços cruzados com determinação sobre o logo de Harvard, a mandíbula teimosamente tensa.

— Espero não termos acordado o senhor — diz Clare, mas o Sr. Gallagher parece nem escutá-la: está ocupado demais encarando Aidan, o rosto relaxado e surpreso.

— O que aconteceu com você?

— Nada — responde Aidan, baixando o queixo e tentando ao máximo esconder os olhos inchados.

— Esse "nada" deve ter sido um gancho de direita dos bons — comenta o Sr. Gallagher, mas em seguida seu olhar recai sobre Clare, e ele parece ainda mais alarmado. — Vocês dois não estavam...

— Não — responde Clare rapidamente. — Estamos bem. Foi apenas um mal-entendido numa festa. A gente se embolou no meio da confusão, mas está tudo bem. Mesmo.

O pai de Aidan fica a encarando durante alguns segundos, tentando decidir se acredita ou não. Clare não o culpa por ficar horrorizado em encontrá-los na cozinha às cinco da manhã, com um par de olhos roxos, e também não o culparia se ele mandasse Aidan para o quarto e a acompanhasse até a casa dela imediatamente. Porém, mais alguns segundos se passam em silêncio mortal, e então os ombros do homem relaxam e ele suspira, tendo aparentemente decidido lhes dar o benefício da dúvida. — Precisam de gelo ou algo assim?

— Colocamos bastante gelo mais cedo — afirma ela, sorrindo. — De verdade, está tudo bem. Parece pior do que foi. — Ela toca o olho com o dedo. — Toda hora esqueço que aconteceu, na verdade.

Ele olha para Aidan mais uma vez, ainda tentando absorver tudo aquilo, e então, finalmente, vai até o fogão e pega a chaleira. Enquanto ele a enche na pia, Clare olha para Aidan. Ela pode ver que sua mente está a mil, tentando bolar uma maneira de escapar.

Mas, depois de acender a chaleira, o Sr. Gallagher puxa uma cadeira, e a isso se segue um longo e desconfortável silêncio. Clare sorri educadamente, enquanto Aidan continua sentado, mexendo no cadarço do capuz.

— Deve ter sido uma festa e tanto — comenta o Sr. Gallagher. — Vocês dois ficaram até bem tarde na rua.

Não há nenhum tom de acusação na voz; na verdade, ele parece tão desconfortável quanto o próprio filho agora, e Clare percebe como ele está se esforçando.

— Última noite na cidade — diz ela, com uma alegria meio forçada. — Havia muita coisa para fazer. E algumas despedidas.

— Está animada com Dartmouth?

— Estou — responde ela, assentindo meio forte demais com a cabeça.

— Já sabe o que vai querer estudar lá?

— Não faço ideia, na verdade — admite Clare, olhando na direção de Aidan com um sorrisinho. Talvez tenha sido seu discurso, ou apenas o choque da água congelante, mas, de alguma maneira, ela não se sente mais tão assustada por tudo o que está por vir. Ela pode nunca ser como Aidan: despreocupado e espontâneo e incrivelmente imperturbável. Mas, à própria maneira, ela se sente pronta para mergulhar de cabeça. E por ora isso é o bastante. — Ainda estou resolvendo — revela ela ao Sr. Gallagher, e, dessa vez, Clare gosta de como aquilo soa.

— Bem, você tem tempo. — Ele olha de volta para Aidan, que está encarando seu chocolate quente como se este pudesse se transformar em um portal para outro cômodo da casa, ou qualquer outro lugar. — Quando se está numa faculdade de primeira linha, quase não importa no que vai se formar... Terá oportunidades de sobra, não importa o quê.

Clare baixa os olhos, colocando uma mecha de cabelo molhado atrás da orelha.

— Ei, sabia que a UCLA tem esse programa de verão superlegal de gerenciamento esportivo...?

— Clare — adverte Aidan em voz baixa. — Não.

— Só estou dizendo que também existem muitas oportunidades por lá...

Dessa vez Aidan baixa a caneca com força na mesa.

— *Clare*.

Ninguém diz nada por um instante, e então o Sr. Gallagher se recosta em sua cadeira, as pernas de madeira rangendo.

— Tenho certeza de que sim. — A chaleira começa a assoviar no fogão, e ele se apressa em desligá-la antes que o chiado acorde mais alguém.

Enquanto ele se serve de uma xícara de chá, Clare tem uma ideia.

— Sabe — começa ela, evitando olhar para Aidan —, acabei de me tocar de que horas são. Eu provavelmente devia ligar para meus pais e avisá-los de que estarei em casa daqui a pouco.

Aidan a olha, pálido, mas Clare já está afastando sua cadeira da mesa e apontando para o telefone, como se não tivesse outra escolha.

Mas ela não vai muito longe. Saindo da cozinha, Clare fica perto da porta, escutando o Sr. Gallagher se sentar outra vez. Ela espera ali porque quer ouvi-lo se desculpando. Ela quer ouvi-lo dizer que está ansioso para levar Aidan ao aeroporto de manhã. Quer ouvi-lo admitir o quanto vai sentir falta do filho.

Mas, em vez disso, os dois ficam sentados mudos por um minuto inteiro antes de ele dizer:

— Então, deve estar triste de se despedir de Clare.

O tom de voz de Aidan é seco:

— Claro.

— Sabe, sua mãe e eu namoramos a distância por um tempo quando eu estava na marinha.

— Eu sei.

— Não foi fácil — diz o Sr. Gallagher, sua voz parecendo distante de certa forma. — Na verdade, foi uma das coisas mais difíceis que já fiz. Mas valeu a pena. Geralmente as coisas mais difíceis são as mais...

— Eu sei, pai.

— Sabe?

Aidan suspira alto.

— Sei que você acha que não conheço o significado de trabalho duro, mas está enganado. O problema não é que não tento. É que nem sempre concordamos quanto ao que vale a pena. Para mim, Harvard não valia. Então eu não tentei. Simples assim.

— Eu não estava falando de Harvard — rebate o Sr. Gallagher, pigarreando. — Estava falando sobre você e Clare.

— Então o quê? — pergunta Aidan, com um tom de desafio na voz. — Acha que também não consigo fazer isso?

O tom de voz de seu pai é de paciência.

— Não foi isso que falei. Vocês dois na verdade são ótimos juntos. Acho que ela traz o melhor de você à tona.

Aidan não tem resposta para aquilo, e, do cômodo ao lado, Clare não consegue prender um sorriso. Há um breve silêncio entre eles, e então, baixinho, ele admite:

— É verdade.

— Então qual o plano? Vocês dois vão ficar juntos?

A resposta vem rapidamente e, com uma espécie de força por trás, um ímpeto que — mesmo ouvido do cômodo ao lado — é quase o bastante para arrasá-la.

— Não — decreta Aidan, a palavra vibrando em meio à quietude da casa.

Sem pausa, sem hesitação, sem rodeios.

Apenas isso. Apenas: *não*.

Clare parece entorpecer enquanto tenta absorver aquilo, a conversa na cozinha estranhamente abafada pela estática em sua cabeça. Eles já mudaram de assunto — ela escuta Aidan falando alguma coisa sobre seu voo da manhã —, e suas vozes estão mais suaves agora, menos acusatórias, o que é exatamente o que ela havia esperado.

Só que ela não consegue mais ouvir.

Em vez disso, Clare atravessa a sala de jantar escura e vai até o hall de entrada, onde se senta nos degraus que os dois subiram apenas instantes antes, abraçando os joelhos junto ao peito.

É sua culpa. Não faz sentido se surpreender com aquilo. Eles decidiram — *ela* decidiu — terminar, e o que quer que tenha acontecido depois daquilo claramente foi coisa da própria cabeça. O sofá, o lago, todos aqueles grandes momentos; nenhum deles importou, por causa de um simples fato: eles jamais decidiram *des*-terminar.

Clare sente os olhos arderem com lágrimas, mais de humilhação que de qualquer outra coisa. Como ela pôde ter sido tão burra a ponto de baixar a guarda agora? Depois de ter feito um trabalho tão bom convencendo Aidan de que eles deviam se separar, bom o bastante para fazê-lo disparar aquela palavra como uma bala: *não*.

Ela respira fundo, forçando-se a não chorar. Talvez tenha sido o fato de ouvir em voz alta pela primeira vez, ou talvez ela esteja apenas cansada e triste, ou, ainda, aquela noite, que mais parece cem noites transformadas em uma. Mas seja lá o que for, Clare deixa tudo aquilo varrê-la, encolhida na escada enquanto o relógio do corredor bate baixinho.

Ela não tem certeza de há quanto tempo está ali quando escuta passos. Levanta a cabeça para olhar primeiro a sala de jantar, mas então percebe que os passos estão vindo de cima; Clare se vira ela e vê Riley no alto das escadas.

Seus cabelos estão amassados e embaraçados, e ela veste calças de pijama xadrez azul com uma camiseta velha do Chicago Bears. Clare começa a dizer alguma coisa, mas Riley leva um dos dedos aos lábios e desce de um degrau para o outro, evitando com experiência os pontos barulhentos da escada.

— Oi — cumprimenta Riley, chegando ao último, e senta ao lado de Clare. Ela esfrega os olhos e boceja. — O que está havendo?

— Eles estão conversando — responde Clare, sentindo o lábio tremer. Ela respira fundo mais uma vez para se controlar. — Aidan e seu pai.

Só agora Riley percebe que Clare está chateada. Ela inclina a cabeça, olhando preocupada para a namorada do irmão.

— Isso é bom — comenta a menina, com um sorriso de encorajamento, e Clare limpa o nariz com as costas da mão.

— Eu sei — diz Clare, mas então, de uma só vez, não consegue mais segurar; ela sente o rosto começar a se enrugar, e as lágrimas chegam numa enxurrada. — Estou muito feliz! — Ela consegue dizer, as palavras saindo em um soluço, molhadas e embargadas.

Por um instante Riley apenas a encara, e Clare pisca para conter as lágrimas. Nenhuma das duas sabe ao certo o que dizer. E então, de repente, ambas começam a gargalhar. Clare cobre a boca com uma das mãos, percebendo como estão rindo alto, mas Riley nem se dá o trabalho. Ela ainda está acordando, e a coisa toda — encontrar a namorada do irmão chorando nas escadas quase ao amanhecer — é demais para ela.

— Bem, você definitivamente *parece* bem feliz — diz Clare, ainda rindo, e então, quando seu sorriso começa a desvanecer novamente sem aviso, Riley põe o braço em volta de seu ombro e o aperta levemente.

— É, eu sei — diz Riley, deixando sua cabeça descansar contra a de Clare. — Também vou sentir falta dele.

PARADA #15

O carro

05h42

Na entrada da garagem, tudo parece estranhamente similar com o começo da noite: o paredão branco da porta da garagem vista pelo para-brisa, Aidan a seu lado, com uma das mãos na chave do carro na ignição, o automóvel cheio de incerteza e de uma tensa antecipação.

Se isso fosse um jogo de tabuleiro, eles teriam completado uma volta, finalmente chegando ao final, apesar de ser difícil identificar, de onde Clare está sentada, se eles perderam ou ganharam.

— Então ele vai me levar ao aeroporto — revela Aidan, deixando a mão escorregar da chave ao olhar para ela. Sua voz está cheia de um alívio tão evidente que é quase o suficiente para afastar o *não* de antes da cabeça.

— Isso é ótimo! — exclama ela, cruzando os dedos no colo para não tentar tocá-lo acidentalmente. — Fico feliz.

— Quero dizer, não acho que ele vá sair por aí, acenando uma bandeira da UCLA tão cedo, mas acho que está tentando. Disse que sentia muito por ter me pressionado tanto a ponto de eu achar que precisava mentir. E então eu falei que sentia muito por ter mentido. E ele disse que sentia muito por como reagiu a minha mentira. E então pedi desculpas por como reagi a *como* ele reagiu a minha mentira. Foi meio que um jogo de dominó, só que com pedidos de desculpas.

— Isso é ótimo! — repete Clare, mas Aidan continua falando apressado, claramente sem conseguir conter a excitação.

— Ele disse até que estava pensando em ir até lá no fim de semana dos pais, o que provavelmente só significa que ele vai jogar golfe enquanto mamãe me acompanha em todos os eventos, mas posso aceitar isso — concede ele, rindo. — Quero dizer, é meio louco, não é? Alguns meses atrás... até mesmo *ontem*... eu jamais teria imaginado que nada disso seria... — Ele para, olhando para ela com os olhos brilhantes. — Obrigado. De verdade.

— Pelo quê?

— Por ser tão espetacularmente nada sutil em nos forçar a conversar. E por falar sobre aquela coisa de gerenciamento esportivo. Acabou que ele ficou bem interessado no assunto.

— Uma coisa que vocês têm em comum. Imagine só.

Aidan sorri, mesmo sem querer.

— E agora?

Clare não sabe como responder àquilo. Parte dela só quer voltar para casa e desabar na cama, em meio a todas as caixas e malas, até a hora da partida. Está sendo difícil se livrar do peso que se instalou em seus ombros, e, se eles vão ter de se despedir em breve de qualquer maneira — se aquilo é, de fato, o fim —, então talvez fosse melhor acabar logo com essa tortura.

Mas ela pode sentir o olhar de Aidan fixo nela, e alguma coisa naquilo a impede de ir em frente.

— Bem — começa ela —, estamos quase sem tempo, e com certeza não temos novas paradas, então...

— Que bom — diz Aidan, virando a chave na ignição. — Porque pensei em mais uma.

Ela não pergunta aonde eles estão indo. Em vez disso, apenas descansa a cabeça na janela gelada e tenta não deixar o movimento do carro fazê-la dormir. Aidan dirige lentamente, tamborilando no volante ao ritmo de uma melodia desconhecida. À frente, o céu cinzento está agora riscado de cor-de-rosa, a bola acesa do sol começando a arder por entre as árvores enquanto seguem para o leste, na direção da água.

— Não vamos ao lago de novo, vamos? — pergunta ela, e Aidan a olha enigmaticamente.

— Você vai ver.

Mas, quando eles chegam à entrada da praia, Aidan vira à esquerda e eles atravessam o bairro calmo às margens da água. A maioria das casas ainda está apagada, com exceção de uma ou duas luzes acesas em uma janela de segundo andar, e Clare se dá conta de que as pessoas ali dentro estão se preparando para começar um dia novinho em folha, enquanto Aidan e ela ainda estão terminando o anterior, que de alguma maneira consegue parecer ao mesmo tempo o dia mais longo e mais curto da história.

Clare se endireita e enfia as mãos nos bolsos do moletom.

— Eu meio que achei que você ia voltar para ver como Ferrugem estava.

— Não, ele está bem. Na verdade, acho que ele está boiando de felicidade esta manhã.

Ela revira os olhos.

— Esquecemos de pegar um suvenir.

— Não havia muito para juntar a não ser pregos e parafusos — explica Aidan, freando para um esquilo atravessar a rua vazia à frente. — E eu acho que isso podia representar uma contravenção.

— Acho que não importa, de qualquer maneira. Esquecemos de um monte de outros lugares também.

Ele assente.

— O chafariz. E a casa de Scotty.

— E a sua. E a delegacia...

— Ah, tirei algumas fotos de Scotty. Não consigo imaginar um suvenir melhor que esse. Mas devíamos ter pego alguma coisa na casa de Andy Kimball. E no boliche.

— Da próxima vez que eu for até lá, vou roubar um guardanapo ou algo assim.

— Um guardanapo? Quem rouba um guardanapo de um boliche? Qual o desafio nisso?

— Mas nunca foi um desafio — explica ela. — Só uma lembrança.

— É, mas se vai fazer isso, precisa fazer do jeito certo. — Aidan para numa interseção. — Roubar uma bola de boliche, isso sim teria sido incrível.

— Não sei bem se faria muito sentido carregar uma bola de boliche até New Hampshire. Mas entendo seu ponto de vista.

— Às vezes as coisas mais difíceis...

— São as que mais valem a pena — completa ela, e Aidan a olha sorrindo, ligando o rádio em seguida, ainda sintonizado na estação de *bluegrass* de mais cedo. Uma música lenta e melódica preenche o carro, e Clare abaixa o vidro da janela e deixa o braço para fora, sentindo o calor do sol nascendo e o vento entrando no carro, quente e doce e novo.

Quando percebe que eles estão a apenas algumas quadras da escola, ela olha para Aidan. A pergunta não dita. Mas ele balança a cabeça mesmo assim.

— Não.

Na cidade, eles passam pelo chafariz da praça, onde alguns pássaros estão tomando um banho matinal, e em seguida pelo Slices, de persianas fechadas e vazio àquela hora da manhã. Parece que os dois estão revivendo toda a noite, e ela se pergunta se é esse o objetivo por trás disso, ou se a cidade é simplesmente pequena demais e eles não conseguem não passar pelos mesmos lugares mais de uma vez.

Quando eles param num sinal perto do posto de gasolina, Clare se lembra do estoque de balas no banco de trás do carro. Ela pega uma embalagem de Smarties e oferece uma a Aidan, que já está com a palma da mão aberta, só esperando.

Finalmente, ao chegarem na outra ponta da rua, ela desiste.

— Estamos andando em círculos — informa Clare, e Aidan assente.

— Sim.

— Por quê?

— Por que não?

— Não entendo.

— É isso — diz ele, olhando para ela. — Esta é a última parada.

— O quê? O carro?

— Pense comigo. Provavelmente passamos mais tempo juntos aqui que em qualquer outro lugar no mundo. Quantas noites já dirigimos por aí durante horas porque não havia mais nada a fazer?

Clare sabe que é verdade. De todas as lembranças dos últimos dois anos, é assim que ela provavelmente vai se lembrar de Aidan com mais frequência: a mão apoiada de leve no volante, um sorriso preguiçoso no rosto, a música preenchendo o ambiente ao redor.

— Tem razão — diz Clare, deixando os olhos se fecharem por um momento.

Ele estica o braço e a cutuca.

— Não vai dormir agora. Chegamos tão longe.

Ela abre os olhos.

— Mas não mais longe — argumenta ela, as palavras saindo antes que tivesse uma chance de pensar melhor.

Aidan a olha de lado com uma pergunta no olhar.

— É só que... ouvi o que você disse para seu pai.

— Sobre o quê?

— Sobre a gente. Ele perguntou se íamos ficar juntos, e você disse que não. Lembra?

Aidan franze o cenho.

— Isto é algum tipo de pegadinha?

— Não.

— Bem... Achei que tínhamos decidido isso horas antes. *Você* decidiu.

— Eu sei. Decidimos. Mas foi *como* você falou. Como se não fosse nada. Como se *nós* não fôssemos nada.

Ele reajusta a mão sobre o volante.

— Olhe, sinto muito se fiz alguma coisa errada, mas achei que tínhamos chegado a um acordo. Achei que tínhamos decidido...

— Mas aquilo foi antes — diz ela, baixinho.

— Antes do quê?

— Antes de eu dizer.

— Dizer — começa ele, mas então ele para. — Ah...

Clare fica olhando para o próprios joelhos. Há um remendo em um deles, e ela quase ri, porque Aidan é a única pessoa que ela conhece que remendaria uma calça de moletom. Ele odeia desistir de qualquer coisa.

— Sinto muito — se desculpa ela, quando não aguenta mais o silêncio. — Acho que eu não devia ter esperado que fosse mudar alguma coisa. Não sei nem se quero que mude, mas ouvir você dizer aquilo para seu pai daquele jeito... Sei lá, alguma coisa naquilo pareceu tão simples. Você fez soar quase fácil.

— Clare — diz Aidan, parando o carro no meio fio em frente a uma casa parecida com todas as outras, com vasos de flores e uma quadra de basquete e uma caixa de correios de madeira. — Não existe nada fácil nisso. É a coisa mais difícil que já fiz. E a pior parte é que... é apenas o começo. Isso vai ser difícil todo santo minuto de todo santo dia por um bom tempo.

Dessa vez, Clare não se contém. Ela estica o braço e coloca uma das mãos sobre a dele. O rosto de Aidan parece indecifrável, mas seus olhos, quando ele a olha, são bastante claros. Ela tem vontade de dizer: *Não precisa ser tão difícil*. Tem vontade de dizer: *Não é tarde demais para mudarmos de ideia*. Mas em vez disso, apenas diz:

— Eu sei.

— Decidimos isso por um motivo. Todas aquelas coisas que você disse antes. Sobre como devíamos estar pulando de casa em casa em nossas novas vidas...

— Isso faz parecer que eu estava falando de amarelinha — diz ela, puxando de volta sua mão.

— Ok, bem, talvez tenha sido alguma coisa sobre mergulhar. Ou isso foi coisa minha? Não me lembro exatamente. A questão é que você tinha uma lista de motivos. Lembra?

Clare assente, miseravelmente.

— E você sabe que obviamente não era isso que eu queria. Ou pelo menos não era o que eu *achava* que queria. Mas agora? Não sei. Na verdade acho que você pode estar certa.

Enquanto o escuta, ela começa a sentir como se houvesse algo pesado no peito. Ela ofega algumas vezes.

— Não estou sempre certa, sabe?

Ele ri.

— Está, sim.

— Mas e se estiver errada quanto a *isso*? E se a coisa mais difícil não seja terminar? E se o mais difícil for ficarmos juntos, fazer isso dar certo apesar da distância, apesar de tudo. E se for isso que devíamos fazer?

— Clare...

— Não, é sério. E se estou sendo uma idiota completa, só tentando me sentir segura como sempre faço? — Ela percebe o tom ligeiramente histérico na voz, mas não consegue evitar. — E se na verdade eu estiver só arruinando tudo?

Ele a olha com seriedade, os olhos repletos de um calor que torna tudo pior.

— Mas e se não estiver? — pergunta ele, baixinho. — Acho que talvez seja verdade, o que você disse antes... Que podemos terminar as coisas nos próprios termos ou deixar a chama se apagar. E eu meio que sinto que tenho essa responsabilidade de... Eu não sei... Não deixar você se levar pelo momento e decidir pela coisa errada.

Ela subitamente se sente exaurida. Pela janela, o sol está tingindo a rua num tom de laranja tão forte que nem parece real, uma camada de cor tão brilhante que quase dói.

— Olhe — diz ele, inclinando a cabeça e esfregando a nuca. — Você é minha melhor amiga. E minha família. É minha vida toda, na verdade.

— Aidan...

— E essa coisa entre a gente é importante demais para simplesmente deixarmos desmoronar. Não quero terminar em alguns dias ou semanas ou meses por algum motivo bobo. Não somos esse casal. Se vamos terminar, não pode ser por causa do carinha sempre rondando seu dormitório, ou porque fiquei sentado, olhando o telefone, e você nunca ligou, nem porque estou ocupado demais com o lacrosse para responder suas mensagens e isso começar a te enlouquecer. Se vamos terminar, tem de ser por um bom motivo.

Ela balança a cabeça.

— Não consigo pensar em nenhum motivo forte para terminar com você agora.

— Porque não está pensando grande o bastante. Tem de ser algo enorme, grandioso.

— Como a paz mundial?

— Se a paz mundial fosse um efeito colateral possível de você terminar comigo, então, sim, claro, isso definitivamente contaria como um motivo nobre.

— Talvez seja apenas porque nos amamos demais.

Ele a olha pensativamente.

— Gosto disso.

— Mas ainda é um motivo bobo.

— Na verdade é o oposto de bobo. Nos amamos demais para sermos arrastados por bobagens. Estamos acima disso. Qual o termo científico para isso? Não sub, mas...

— Super. É superbesteira.

— Superbesteira: o pior super-herói da história — diz ele, rindo, mas Clare apenas encara o remendo no joelho da calça com o coração pesado.

— Então é isso? — pergunta ela, e ele assente.

— Este é o nosso motivo: nós somos pombinhos demais.

Ela revira os olhos.

— Isso só foi fofo uma vez.

Ele sorri.

— Assim como toda a coisa de você ser uma pombinha apaixonada.

— Justo — concede ela. — Mas é verdade.

— Ainda é uma pombinha apaixonada?

— Eu te amo — declara Clare, esperando ver Aidan sorrir novamente. Mas ele não o faz. Em vez disso, ele a encara durante um longo tempo, analisando-a como se tentassem gravá-la na memória. Então, finalmente, ele assente.

— Parece um motivo válido para mim.

PARADA #16

O fim
06h24

Aidan ainda está sentado exatamente onde Clare o deixou: em uma das enormes cadeiras de balanço de madeira na varanda da frente. Quando ela sai de casa, Bingo se espreme a seu lado e passa pela porta aberta, disparando na direção de Aidan com uma exibição dramática de rabo abanando e latidos, antes de se lançar sobre seu colo.

Aidan abraça o cachorro e olha para Clare.

— Ficaram bravos? — pergunta ele, parecendo um pouco preocupado. Ele já se acostumara a desapontar o próprio pai, mas os pais de Clare o achavam tão bom que Aidan assumiu a missão de provar que estavam certos quanto a ele.

— Com o quê? — pergunta ela, sentando-se na cadeira ao lado. Vindo de dentro da casa, dá para escutar as vozes abafadas dos pais conversando enquanto fazem os últimos preparativos para a viagem de carro, preparando lanchinhos e mapas e garrafas d'água. A viagem vai levar quatro dias: dois na direção leste com todos os três, e então mais dois voltando a oeste depois de a deixarem em New Hampshire.

— Bem — responde Aidan, coçando as orelhas de Bingo —, com o olho roxo, para começar.

Clare dá de ombros.

— Disse a eles que entrei no clube da luta.

— Sério.

— Sério? Apenas contei a verdade.

Ele balança a cabeça.

— Sempre esqueço que isso é uma opção.

— Eles não ficaram felizes, obviamente, mas não tem mais o que fazer agora. Minha mãe está correndo pela casa atrás de maquiagem para eu levar, e assim não parecer tão assustadora quando chegar e conhecer Beatrice St. James.

— E eles não ligaram que você passou a noite toda fora?

— Não — diz ela, se balançando de modo que a cadeira bate baixinho e ritmicamente nas tábuas ocas da varanda. Está totalmente claro agora, mas o sol está encoberto por nuvens, baixas e pesadas, um rabisco cinza no horizonte. — Me disseram que a partir de amanhã estarei livre para ficar a noite toda fora sem eles saberem, então tudo bem eu ter me antecipado um pouco.

Aidan ri.

— Eu tinha exatamente o mesmo argumento preparado para meus pais. Acho que os seus são mais avançados até que eu.

Acima deles, um pássaro pousa no telhado, fazendo barulhos de arranhões enquanto pula pelas telhas. Bingo fica imóvel com o som, dando um único latido de advertência antes de enterrar a cabeça no cotovelo dobrado de Aidan outra vez. Voltou a chover, ou está prestes a voltar; o ar está pesado com o cheiro de água, e, ao longe, o estrondo do trovão pode ser ouvido. Para Clare o mundo parece prender a respiração.

— Se lembra daquela vez que assistimos à tempestade aqui? — pergunta ela, e Aidan para de acariciar o pelo macio do cachorro, seus olhos se enrugando nos cantos ao reviver a memória.

— Os relâmpagos estavam insanos. Eles iluminavam o quarteirão inteiro.

— E a casa toda tremia com o barulho.

— E você queria entrar...

— Não queria, não — nega Clare, mas, quando Aidan ergue a sobrancelha, ela cede. — Ok, talvez. Mas só porque estávamos ficando ensopados. — Ela encosta a cabeça na cadeira de madeira e olha os beirais da varanda. — Vou realmente sentir saudades disso.

— Da chuva? Tenho bastante certeza de que cairão algumas em Dartmouth.

— Não da chuva — diz ela, se endireitando. — De todo o resto. Disso.

— Eu sei. Eu também.

— Andei pensando... — começa ela, apertando o braço da cadeira com os dedos, tentando juntar coragem para dizer o que precisa ser dito. — Será que tudo isso seria mais fácil se não nos falássemos por um tempo?

Ela olha na direção de Aidan a tempo de ver seus olhos brilharem em surpresa.

— Sério? É isso que você quer?

— Eu não diria que *quero* — explica Clare. — Mas já vai ser difícil demais do jeito que está. Se estamos realmente tentando seguir em frente, coisa que provavelmente devíamos fazer, então talvez faça sentido ter uma experiência de tudo ou nada.

Ela olha para a cadeira, de onde estava tirando a tinta de um pedaço lascado sem nem perceber, arrancando-o totalmente. Quando Clare levanta a cabeça, Aidan a está observando, e ela precisa se acalmar antes de continuar. A voz vacila um pouco:

— Quero dizer... Como vou parar de sentir saudades suas se estiver a apenas um telefonema de distância?

Ele concorda com a cabeça, afagando distraidamente a cabeça do cachorro, já quase dormindo em seu colo agora.

— Acho que faz sentido. Mas é só que parece tão... final.

— Bem, não seria para sempre...

— Espero que não — interrompe ele, parecendo abalado.

— Mas talvez só por um tempinho. Até nos acostumarmos.

Ele dá uma risada sem humor algum.

— Sinto como se você tivesse arrancado meu cobertor ou coisa assim. Essa coisa toda era muito mais fácil de imaginar quando eu achava que ainda poderia ligar para você esta noite.

— É, mas está vendo? É esse o problema. Jamais vamos seguir em frente se continuarmos conversando o tempo todo.

Ele esfrega a testa.

— Eu sei. Tem razão. Mas mesmo assim.

— Não vai ser tão ruim — afirma Clare, apesar de se sentir nervosa só de pensar naquilo. — Simplesmente vamos ter de desistir um do outro de uma vez só.

— Isso inclui o feriado de Ação de Graças? — pergunta ele, com um sorriso débil.

— Não sei. Talvez. Na verdade faz sentido, considerando que será a próxima vez que vamos nos ver pessoalmente. E vai nos dar tempo de realmente nos esforçarmos na faculdade, sabe? Fazer um esforço de verdade para viver nossas próprias vidas sem depender um do outro o tempo todo.

— É, mas isso vai ser daqui a um milhão de anos.

Clare sorri.

— Serão só três meses.

— É bastante tempo.

— Vai passar rápido — promete ela, mas Aidan apenas balança a cabeça.

— Não rápido o bastante.

Em volta da cobertura do terraço, a chuva desaba de uma vez, varrendo a casa com uma bruma fina que faz Bingo sair correndo do colo de Aidan e disparar na direção da porta, arranhando-a insistentemente. Clare está quase levantando para deixá-lo entrar quando a mãe aparece e o cachorro voa para dentro de casa sem nem olhar para trás.

— Dez minutos, vocês dois — avisa ela, colocando a cabeça para fora e acenando de leve para Aidan. Ela olha para Clare, ainda usando o moletom grande demais. — Er... você ia se trocar?

— Estou bem — responde Clare. — Vamos entrar já, já.

Quando ficam sozinhos de novo, Clare percebe que Aidan a observa, mas agora sua boca parece retorcida no esforço para não rir.

— O quê? — diz ela, sentando-se sobre seus pés.

— Nada. É só que fica bem em você. E o perfume também é bom.

— Perfume?

— A gente está fedendo — explica ele, abrindo um sorriso largo. — A peixe.

Clare revira os olhos.

— Meus pais não vão ligar. E vamos ficar num hotel esta noite, então será só durante a viagem de carro. — Ela puxa o cadarço do capuz. — Mas só porque falou isso, não vou devolver esse moletom.

O que ela não consegue dizer, entretanto, é que só quer uma desculpa para mantê-lo por perto.

— Não deve ser muito difícil encontrar mais um moletom da UCLA na UCLA — zomba ele, balançando a cabeça em descrença. — Não acredito que chegarei lá hoje.

— Eu sei. É estranho demais. Já vi milhões de fotos de Dartmouth, mas ainda é difícil me imaginar realmente lá.

— Eu posso imaginar você — diz Aidan, fechando os olhos. — Estou vendo folhas. Muitas e muitas folhas. — Ele abre um dos olhos para ela. — É sempre outono em Dartmouth? Acho que todas as fotos que já vi têm algum tipo de folhagem.

— Sim, é sempre outono em Dartmouth.

Ele fecha os olhos de novo.

— Exatamente o que pensei. E sempre imagino você sentada num banco, por algum motivo, debaixo de uma árvore com folhas de milhões de cores...

— Até roxas?

— Claro, por que não? E você vai sentar ali, com sua mochila cheia de livros e seu copinho de café e seu casaco de outono, pensando em coisas importantes, coisas de faculdade.

— Tenho a sensação — admite Clare, com um sorrisinho — de que na verdade estarei pensando em você.

— No começo, sim — concorda Aidan, olhando-a agora com uma expressão mais séria. — Mas depois, não. Confie em mim. Vai chegar o dia em que você vai estar sentada lá, olhando para o céu, e não vai estar mais pensando em mim. Não vai mais precisar. E será algo bom, porque vai significar que está feliz.

— Não sei, não. É bem difícil imaginar isso.

Aidan apenas sorri.

— Você vai ver. — Ele fecha os olhos, ouvindo a chuva.

Clare o observa por um momento, tentando desesperadamente juntar todos os pedacinhos que espera levar consigo: as sardas nas pontas das orelhas, os cílios claros, o contorno do couro cabeludo, até mesmo o hematoma em meia-lua debaixo dos olhos.

— Existe uma terceira opção, sabia? — diz ela, então Aidan vira a cabeça, demorando um instante para focar a garota.

— Para quê?

— Para nós — responde ela, o coração batendo forte.
— Nós não paramos de jogar de um para o outro essas duas possibilidades: terminar tudo ou deixar as coisas morrerem. Mas existe a terceira opção.

— E qual é? — pergunta ele, com um sorriso irônico. — Felizes para sempre?

— Não! Qual é, estou falando sério.

Ele alonga os braços.

— Ok, então o que é?

— Depois.

— Não existe depois — diz ele, mostrando o pulso. Ele bate duas vezes no vidro do relógio. — As horas estão passando.

— Não, esta é a terceira possibilidade — começa ela, as palavras quase perdidas em meio ao barulho da chuva, que envolveu o terraço como uma cortina de água. — Que podemos voltar um para o outro depois.

O olhar de Aidan está fixo nela, e há algo de esperançoso em seu rosto, algo como expectativa.

— É?

— É. Depois que aprendermos algumas coisas e fizermos outras. Ficamos achando que só existem essas duas opções: ou crescemos separados ou crescemos juntos. Mas talvez possamos só meio que crescer sozinhos, e ver no que dá. E então, depois, se nos parecer a coisa certa, vamos voltar um para o outro e recomeçar.

— Depois — diz ele, como se experimentando a palavra.

Ela assente.

— Depois.

— Como um segundo prólogo.

— Isso não existe — argumenta Clare, sacudindo a cabeça, mas aquilo não parece chatear Aidan. Ele apenas sorri.

— Quem disse?

Dessa vez, quando a porta se abre atrás deles, ambos sabem o que significa. O estômago de Clare se revira, e ela pode notar uma pontada de medo nos olhos de Aidan.

— Desculpem a interrupção — diz a mãe de Clare, o tom de voz quase constrangido. — Mas precisamos levar as coisas para o carro.

Mesmo depois de se levantarem, as cadeiras continuam balançando para a frente e para trás, e a chuva continua a cair ao redor da varanda, cintilante e insistente. Aidan consegue abrir um sorrisinho pouco antes de eles entrarem, mas, quando Clare tenta retribuir, não consegue.

Chegou a hora, e não há mais como fugir daquilo.

Lá dentro, seu pai está descendo as escadas com uma caixa de papelão. Mas quando os vê, ele põe a caixa no chão, os olhos se arregalando ao reparar no rosto de Aidan.

— Está pior que Clare — declara ele, estendendo a mão para cumprimentá-lo.

— É mesmo! — diz a mãe da garota, olhando preocupada para Aidan. — Temos milho congelado se quiser pegar um saco.

— Milho? — resfolega seu pai. — Ora, dê pelo menos um bife ao rapaz ou coisa assim. Claramente foi uma noite difícil.

A mãe de Clare revira os olhos.

— Pode pegar o que quiser — garante ela, dando um tapinha no ombro de Aidan enquanto passa por ele para subir as escadas. — Você sabe que pode. — Antes de subir, ela se vira novamente, e, dessa vez, a voz vacila um pouco. — *Sempre* será bem-vindo aqui.

Naquele instante, o que mais dói em Clare é que a mãe nem sabe ainda. Quando ela correu para dentro de casa mais cedo para avisar que tinha chegado, não conseguiu contar aos pais que tudo havia terminado. Só tornaria as coisas ainda mais reais.

Além disso, ela imaginou que eles teriam horas pela frente para aquilo, horas durante as quais ela ficará encarando a janela do carro e explicando a eles por que fez sentido, por que foi a coisa lógica a se fazer — terminar com Aidan —, na esperança de que, se continuar tagarelando, ela não vá chorar.

Apesar de que isso não deve adiantar, é claro.

Mas agora ela percebe que a mãe não precisa que ninguém lhe diga nada, afinal. Ela já parece saber. E Clare fica grata por aquilo, porque significa que não vai ter de dizer as palavras mais tarde. Em vez disso, ela vai poder se aninhar no banco de trás e deixar a mãe lhe passar caixinhas de suco e o pai encontrar alguma música animada no rádio enquanto atravessam Illinois, Indiana e depois Ohio, a caminho de New Hampshire, colocando os quilômetros entre ela e Aidan para trás, um de cada vez, até o momento que o voo do garoto decolar e a distância total entre os dois for grande demais para contabilizar.

Durante os dez minutos seguintes, os quatro entram e saem da casa, com Bingo atrás, enquanto carregam malas e sacolas de compras e caixas de papelão de tamanhos diversos e travesseiros e abajures e até mesmo uma bola de futebol.

— Desde quando joga futebol? — pergunta Aidan, quando vê Clare atravessando a cozinha com a bola debaixo do braço. Ele a pega e se encosta na pia, passando a esfera de uma mão para a outra.

— Não sei — responde ela, dando de ombros. — Acho que é o tipo de coisa que você faz na faculdade. Você sabe, bater uma bola no jardim e tal. Ou isso é futsal?

Ele lança a bola para ela, uma jogada suave que voa em espiral acima da mesa da cozinha, mas ainda assim Clare consegue se atrapalhar.

— Lá se vai minha carreira de atleta na faculdade — lamenta Clare, abaixando-se para pegar a bola. — Mas, mesmo assim, vou levá-la.

— Quando falei que devia experimentar coisas novas, não estava falando de esportes coletivos.

— É, bem, quero ver o que você vai dizer quando eu voltar uma jogadora profissional.

— Isso *sim* é algo que eu gostaria de ver — ironiza ele, enquanto os dois saem juntos.

Na entrada da garagem, o pai de Clare está fechando o porta-malas do carro. Ele veste uma capa amarela com o capuz para cima, e os óculos estão salpicados de gotas de chuva.

— Acho que foi tudo. A não ser que queira levar a pia da cozinha também.

— Muito engraçado — diz Clare, mas ela já sente um nó na garganta, porque levaria mesmo, se pudesse: ela arrancaria da parede aquela pia idiota, que está sempre vazando, e a levaria com ela. Por um breve e acentuado e impossível momento ela quer levar tudo: o cachorro e sua cama e seus pais e seu namorado. Até mesmo agora, faltando minutos para partir, ela não faz ideia de como deixará tudo aquilo para trás.

Sua mãe sai da casa com a coleira de Bingo em uma das mãos e um saco plástico cheio de sanduíches na outra. Ela tranca a porta e se vira, fitando o trio ensopado de chuva agrupado em frente à garagem, olhando-a com evidente relutância.

— Acho que estamos todos prontos — anuncia ela, olhando para o cachorro. Bingo está segurando sua guia com a boca e balançando o rabo, completamente alheio ao fato de que vão deixá-lo na hospedagem no caminho. — Então é isso, né?

O pai de Clare assente com um pouco de entusiasmo demais.

— O começo de uma grande aventura.

— Vamos dar um minutinho a vocês — diz sua mãe, caminhando até Aidan e subindo na ponta dos pés para abraçá-lo. — Vamos sentir sua falta. Boa sorte lá, ok?

— Ok — consegue dizer Aidan. — E obrigado por tudo.

O pai de Clare lhe dá um tapinha no ombro, que se transforma num abraço.

— Se cuide.

Aidan assente.

— Dirijam com cuidado.

E, então, eles entram no carro, o motor sendo ligado e os limpadores do para-brisa guinchando. Clare é tomada por um pânico tão grande que ela sente como se o coração fosse saltar do peito.

É *agora*, pensa ela, congelada no mesmo lugar. Mesmo depois de todas aquelas horas — todos aqueles meses, na verdade —, ela ainda está estranhamente impressionada por ter chegado até aquele momento: os minutos correm rápido e ao mesmo tempo devagar demais.

Ela seca um pouco da chuva de seus olhos e se força a olhar para Aidan, que está a alguns centímetros, o rosto pálido e os olhos cheios de temor.

— Última chance de fugirmos juntos — oferece ele, tentando sorrir, apesar de haver algo de incerto no ato. — Ouvi dizer que o Canadá é legal nesta época do ano.

— Acho que ainda prefiro a ilha deserta.

— Mesmo se eu me recusar a usar uma saia de hula-hula?

— Mesmo assim — garante ela, pegando-lhe a mão, aterrorizada pelo que virá em seguida. Afinal, como se diz adeus a uma parte de você? Ela examina a mão do garoto, passando um dedo pela palma, brincando de ligue os pontos com a constelação de sardas em seu pulso. — Agora vem a pior parte, né?

— A melhor definitivamente não é.

— Acha que ficaremos arrasados?

— Sim. Durante um tempo, pelo menos.

— E depois?

— Depois vai ficar mais fácil.

— Promete?

— Não. Então... sem contato nenhum mesmo?

Por um momento, Clare quer desesperadamente voltar atrás. Porque é difícil imaginar não poder mandar mensagens para ele da estrada a caminho de seu destino, não poder ligar depois de conhecer Beatrice, não receber mensagens entre as aulas. Mas ela sabe que é assim que tem de ser, e, então, com muito esforço, ela balança a cabeça negativamente. Aidan assente.

— Telefonemas?
— Não.
— Mensagens?
— Não.
— E-mails? Cartas? Cartões-postais?
— Desculpe.
— Pombos-correio?
— Ah, claro! — concede ela. — Pombos-correio estão liberados.
— Bem, pelo menos é alguma coisa — brinca ele, com um sorriso.
— Aidan. — Clare pega a frente de sua camisa e a puxa levemente. Em algum lugar dentro de si, um exército de lágrimas está a caminho, a pressão se acumulando por trás dos olhos e na garganta. Em breve será forte demais. Seja lá quais represas existam, quais muralhas ela conseguiu erguer, certamente vão ruir, e todos os pedaços ocos de seu coração serão inundados. Clare precisa de toda a força para lutar contra aquilo, porque ainda existem coisas a serem ditas, e ela não suporta que elas saiam embaralhadas.

Mas até mesmo isso parece além de seu controle no momento.

— Eu não... — começa ela, mas logo para.

Aidan assente.

— Eu também não.

— Eu queria...

— Eu sei. Eu também.

Então ela desiste, se aninhando entre seus braços e descansando a cabeça contra seu peito. Ao escutar as batidas suaves do coração de Aidan, ela sabe que só resta uma coisa que importa.

— Eu te amo — diz ela, as palavras claras e firmes e verdadeiras, e ela pode ouvir o sorriso na voz de Aidan quando ele retruca:

— E eu sou um pombinho apaixonado por você.

— Cale a boca — brinca ela, mas agora os dois estão rindo um pouco. Quando ela inclina a cabeça para trás, ele a beija pela última vez, e tudo em que Clare consegue pensar é que aquele é um novo tipo de primeira vez, algo com que ela não contara quando criou sua lista: o primeiro adeus.

— Boa viagem — deseja ele, quando eles se separam novamente, e isso, finalmente, é o que a derruba. Clare não consegue evitar: ela começa a chorar, secando inutilmente as lágrimas, sem conseguir parar, porque é uma coisa tão normal de se dizer em um momento que parece tão fantasticamente anormal.

Mas, quando é a vez dela, Clare não faz melhor:

— Vou sentir sua falta — confessa a garota, segurando a despedida por alguns segundos mais, apesar do carro cuspindo monóxido, da chuva caindo com mais força. O final de tudo, o final de ambos finalmente está se apresentando, depois de todo esse tempo, apressando-se, atropelando-os como um trem de carga, barulhento e implacável, o barulho alto em seus ouvidos.

Aidan beija sua testa mais uma vez, e ela agarra sua mão por mais alguns segundos antes de soltá-lo. Quando finalmente o faz, ela não suporta olhar, pois tem certeza de que, se o fizesse, jamais partiria. E então, em vez disso, ela endireita os ombros, inspira e expira, andando sem pensar na direção do carro e entrando com o coração relutante dentro do peito e as lágrimas misturadas à chuva em seu rosto.

— Você está bem? — pergunta sua mãe, quando ela fecha a porta, mas Clare não faz ideia de como responder àquilo, porque ela está e não está, porque está presa em algum lugar entre o fim e o começo, e parece que a única maneira de se libertar é continuar em movimento.

Então ela confirma com a cabeça.

— Vamos — pede, enquanto Bingo sobe em seu colo, o rabo abanando. Eles saem da entrada da garagem com apenas o cachorro olhando pela janela molhada de chuva quando passam por Aidan, porque Clare não consegue fazê-lo. Mas, quando o carro desce para o asfalto, ela muda de ideia, tomada por uma necessidade urgente de vê-lo mais uma vez, então se vira no assento, espiando em meio às caixas empilhadas na traseira.

Ele ainda está lá, é claro, parado na chuva, vendo-os partir. Clare quase sente como se estivesse deixando um pedaço do coração para trás, as duas metades sendo esticadas para lados opostos, como chiclete. Ela levanta uma das mãos, e ele faz o mesmo, e ambos ficam daquele jeito pelo que parece um bom tempo, fixos numa versão de adeus em câmera lenta.

Em outro tipo de história, Clare sabe, isso seria diferente. Se isso fosse um filme, ela gritaria para o pai parar o carro e, então, em meio ao berro do freio e o guincho dos pneus, ela abriria a porta desesperadamente, correndo na rua alagada pela chuva, desesperada para dizer uma última coisa a Aidan antes de partir.

Mas a verdade é que não há mais nada a dizer. Durante as últimas doze horas, eles gastaram todas as suas palavras — generosamente, tumultuosamente, completamente —, como uma dupla de apostadores colocando cada última ficha em jogo, sem sequer pensar no amanhã.

E agora, ela sabe, a única coisa que resta aos dois é sair e encontrar mais histórias para contar, começar uma coleção novinha em folha de aventuras e memórias, mantê-las por perto, como os melhores dos suvenires, e, então, um dia, se tiverem muita sorte, encontrar uma maneira de levá-las de volta para casa.

PRÓLOGO

Na central de correspondências, o homem atrás do balcão lê a notificação de Clare antes de desaparecer na salinha dos fundos para buscar sua caixa. Atrás dela, há uma grande fila, e todos parecem impacientes, mas ninguém mais que Clare, que fica na ponta dos pés, tentando ver o que enviaram para ela.

Não é como se ela nunca recebesse correspondências; quando você estuda em uma faculdade a horas da cidade grande mais próxima, você acaba fazendo a maior parte das compras on-line. Mas, desde que chegou ali, no último outono, Clare pode contar nos dedos de uma só mão a quantidade de encomendas inesperadas que recebeu.

Foram duas de sua mãe em setembro, pouco depois de ela chegar: uma cheia de doces e fotos, a outra com algumas coisas que ela esquecera de levar. E então algumas em seu aniversário, em outubro, incluindo uma de Stella, com um velho dicionário e palavras como *confidente* e *concordância* e *camaradagem* cuidadosamente sublinhadas.

Mas basicamente foi isso.

Então, quando o homem finalmente volta com uma caixa quadrada e a coloca com dificuldade sobre o balcão, Clare precisa se segurar para não agarrá-la antes de ele riscar seu nome de uma lista.

— Pedras? — pergunta ele, erguendo as sobrancelhas enquanto rabisca alguma coisa.

— Hein?

— Alguém está te mandando pedras?

Clare balança a cabeça.

— Acho que não.

— Com certeza é o que parece — diz ele, empurrando a caixa na direção Da garota, e quando Clare a levanta, percebe que ele tem razão. É mais pesada que parece, e ela reajusta a caixa nos braços, seus dedos escorregando com o peso.

Ela chega ao final do corredor lotado antes de se permitir ler o remetente, apesar de, àquela altura, nem precisar. Assim que ela pegou a caixa sabia exatamente de quem era e o que havia dentro.

Mesmo assim, Clare quase fica sem fôlego quando vê a letra tão familiar de Aidan no canto esquerdo superior da caixa. Ao lado do endereço, ele riscou a palavras *FedEx* com um marcador preto grosso e escreveu *pombo-correio* no lugar.

Ela não tem notícias do ex-namorado há cinco meses. Não desde aquela primeira noite em casa no feriado de Ação de Graças.

E agora isso: uma caixa aparecendo do nada, como que por mágica.

Alguém esbarra em seu cotovelo, e ela deixa a caixa deslizar um pouco, segurando-a com o joelho. Ela percebe que ainda está parada no meio do corredor, então se força a subir as escadas, desviando de dúzias de alunos a caminho das aulas — assentindo aqui e ali para os que já conhece — e segurando a caixa como se fosse algo frágil, apesar de já ter certeza de que não.

Fora do prédio, Clare corre até um banco e se senta com o pacote no colo, fitando o endereço. Demora um tempo para seu coração desacelerar. Só ler o nome de Aidan faz sua cabeça rodar, e ela a joga para trás, olhando o céu, tentando se recompor.

Tinha sido assim no feriado de Ação de Graças também: vê-lo ali na entrada da sua garagem depois de três meses inteiros separados, três meses inteiros de silêncio, o bastante para deixá-la tonta. Com seus olhos azul-claros e a rala barba ruiva em seu queixo, Aidan parecia completamente diferente e, ao mesmo tempo, incrível e dolorosamente familiar.

Só demorou um instante para tudo mais ir por água abaixo: todas as palavras que ela planejara dizer, todas as coisas que estava querendo lhe contar.

Uma delas em especial: que estava saindo com alguém novo.

Mas, antes de os dois sequer terem tido chance de dizer oi, antes de terem trocado uma palavra, Aidan já a estava beijando, bem ali, na porta da garagem, e de repente aquilo tudo não parecia mais tão importante. Na verdade, parecia a coisa menos importante do mundo.

Só depois de eles terem se separado e ela ter visto a expressão em seus olhos — uma expressão igual à dela, presa em algum lugar entre saudade e arrependimento —, foi que Clare percebeu que ele também estava saindo com alguém.

Eles não se falaram mais depois daquilo. Ela o evitou durante todo o resto do feriado, começou a escrever mil e-mails nunca enviados ao voltar para a faculdade, deixou seu polegar roçar sobre o nome dele no telefone vezes demais para contar. Mas parecia melhor deixar para lá. Ambos haviam seguido em frente. Sabiam que poderia acontecer. Era assim que as coisas deviam ser.

Durante o Natal ele ficou na Califórnia, o que Clare descobriu só porque Riley mencionou em um e-mail, contando que ela e seus pais iam visitá-lo. Clare não conseguiu deixar de imaginar se ele estaria tentando evitá-la, apesar de saber que era muito mais provável que ele tivesse escolhido ficar por causa da nova namorada. Ainda levariam semanas para ela terminar com o próprio namorado, mas, ainda assim, alguma coisa na ideia do período de festas ensolarado de Aidan a fez se sentir terrivelmente solitária.

Quando Clare voltou para casa nas férias de fim de ano, só se permitiu passar pela casa toda apagada do ex uma vez. Ela ficou ali um tempo, a neve caindo ao redor, lembrando-se daquela noite na entrada da garagem, a última deles juntos, e então deu meia-volta e foi embora.

Agora ela olha piscando para os galhos de um altíssimo olmeiro. As folhas não parecem mais as de quando ela chegou, como nos folhetos institucionais da escola: cheias de cores, uma paleta elétrica de vermelhos e amarelos e laranja. Em vez disso, estavam verdes e novas, e tinham cheiro de primavera. Acima delas, o sol era um ponto branco no céu sem nuvens, e o ar estava fresco e vivo. Tudo tão brilhante e lindo que mal parece real.

Clare baixa o olhar para a caixa novamente, deslizando uma unha por baixo da fita adesiva no canto. Quando a arranca, fazendo um barulho de serra, e abre as abas para ver o interior, o que ela sabia que veria desde que segurou a caixa com os próprios braços estava lá: embrulhada num ninho de folhas de jornal, como um ovo gigante, uma bola de boliche verde-clara.

Ela ri, passando a mão pela superfície macia e redonda. Sob a luz do sol, a cor é intensa, verde-esmeralda, brilhante como uma pedra preciosa. Clare se pergunta se ele a comprou ou roubou, lembrando de sua conversa todos aqueles meses atrás, quando Aidan a lembrou de que as coisas mais difíceis são as que mais valem a pena.

Ela tem a sensação de que foi roubada, e adora mais ainda o presente por isso.

Quando está prestes a fechar a caixa de volta, Clare nota mais uma coisa: um toque de branco no meio de todo aquele verde. Em um dos três buracos circulares, há um pedaço de papel enrolado, e ela hesita por um instante, imaginando as possibilidades. Só o fato de ver aquilo já a deixa bastante abalada. Seu coração de borracha volta ao lugar certo mais uma vez, e um nervosismo desce diretamente até os dedos dos pés.

Ela fica sentada ali por um bom tempo, pelo que parece uma eternidade, e, então, quando finalmente se sente pronta, tira o bilhete com cuidado, usando ambas as mãos para desamassar a página.

Tudo o que o bilhete diz é: *Já chegou o depois?*

E eis o mais incrível: agora já.

AGRADECIMENTOS

Um grande agradecimento a Jennifer Joel, Farrin Jacobs, Elizabeth Bewley, Megan Tingley, Andrew Smith, Hallie Patterson, Josie Freedman, Sophie Harris, Imogen Taylor, Binky Urban, Kelly Mitchell, Sarah Mlynowski, Ryan Doherty, Liz Casal, Maggie Edkins, Leslie Shumate, Madeleine Osborn, Emilie Polster, Barbara Bakowski, JoAnna Kremer, Libby McGuire, Jennifer Hershey, Mark Tavani e Jenni Hamill. Também gostaria de agradecer a todos da LBYR, Curtis Brown, Headline e Random House pelo apoio. E, é claro, minha família: papai, mamãe, Kelly e Errol.

Este livro foi composto na tipologia Janson Text LT Std,
em corpo 11/16,35, e impresso em papel off-white,
no Sistema Cameron da Divisão Gráfica
da Distribuidora Record.